MI-
ANGE
MI-
DÉMON

Une collection dirigée par Mikaël Ollivier

L'auteur remercie le Conseil régional
de Champagne-Ardenne.

ISBN 978-2-84420-908-5

CONCEPTION GRAPHIQUE :
couverture Marion Bataille
intérieur Bärbel Müllbacher

NOUVELLES

MI-ANGE MI-DÉMON

THOMAS SCOTTO

EDITIONS THIERRY MAGNIER

Sommaire

Pour Anna, aux premiers pas de l'écriture.

« Vous aurez alors la chance d'entrevoir le monde des fées qui se trouve juste à côté du nôtre, légèrement à gauche. »

Philippe Dorin

V comme hirondelle

« Dire que je pourrais consacrer toutes ces heures
à apprendre à voler.
Il y a tant et tant à apprendre ! »

Jonathan Livingston le goéland, Richard Bach

– Pour le tatouage c'est mort…

– Peut-être pas.

– Si, je te dis, c'est mort… parce qu'elle veut pas. Elle refuse, c'est maladif. Mais je m'en doutais de toute façon. Je suis la petite dernière ! Tous les autres, ils ont fait n'importe quoi avant et moi je peux même pas avoir une hirondelle sur le bras gauche !

– Demande à ton père…

– Et je le chope quand ? Il est reparti hier pour une semaine et quand il reviendra ce sera comme toujours pour les choses importantes : demande à ta mère !

La voix puissante de M. Bolloré fit le tour des paillasses.

– Mesdemoiselles Lamy et Witdouck, l'heure de techno ne se passe pas sur la plage du Lavandou que je sache. Encore un mois avant les vacances. Merci d'écouter.

Et tous rebaissèrent la tête vers le montage en cours. Une enceinte pour MP4 en forme de pyramide. Certains avaient même déjà entamé la soudure.

– J'en rêve de ce tatouage. Je te jure ! Il est trop beau.

– En couleurs ?

– Non, juste le contour. J'suis pas maso, j'veux pas que ça dure des plombes !

– Tu vas quand même hurler BB… crois-moi !

– Dis tout de suite que ça te fait plaisir ! Sadique ! C'est un oiseau minuscule.

– T'as dit une hirondelle ?

– Ouais, je l'ai trouvée sur une photo de marin. Une vieille photo. Tu sais, où les gars se tiennent en rang, ils montrent leurs muscles sur le bateau.

– T'aimes les bateaux maintenant ?!

– Non, mais les marins… !

Le professeur passa dans les rangs et déposa les derniers fers. Un pour deux à cause des budgets limités. Blouse obligatoire.

– Pfff… je sais que c'est débile d'en parler puisque ça ne se fera pas. Quand je reviens à la charge, ça énerve ma mère encore plus.

– Ça doit coûter super cher, non ? Comme un piercing ?

– Plus même. Mais je m'en fous, si c'est beau.

– Achète des chaussures plutôt. Tu voulais en changer !

– Excusez-moi, il y a vraiment quelque chose que vous ne comprenez pas dans cette phrase : « l'heure-de-techno-ne-se-passe-pas-sur-une-plage-du-Lavandou » ? Hein ? Dernière fois…

Quelques minutes, le silence s'installa. Il faisait chaud et la fumée qui envahissait maintenant la classe en faisait tousser certains. Bérengère releva les manches de sa blouse.

– Tu veux pas appeler ma mère et lui dire que tu t'es fait un tatouage, que c'est extra, que la tienne est super contente, fière même. Invente ce que tu veux pour le motif… il me le faut, ce tatouage !

– Mais ça va pas… !

– Bon, DE-HORS !

Le poing de M. Bolloré s'abattit sur le bureau comme la foudre sur le paratonnerre. Chacun sursauta mais personne ne comprit tout de suite pourquoi Bérengère hurlait si fort. À cet instant précis où le fer à souder imprimait sa marque brûlante sur son avant-bras gauche.

Un petit « v », minuscule, comme une envolée d'oiseau.

Antipasti

Le petit frère de Maria

avait une façon bien à lui de concevoir l'honnêteté. Depuis qu'il avait quitté, très facilement et sans regret, le circuit de l'école, il s'était jusqu'ici arrangé de magouilles et de travaux faciles. Dépannages, troc et paris aux tuyaux improbables. Pour cela, il parcourait le quartier, jours et nuits, avec un réseau d'influences tel qu'il aurait pu aujourd'hui prétendre remporter n'importe quelle élection avant même de se présenter et sans avoir à payer ses électeurs. Contrairement à beaucoup.

Enzo était un sujet tabou dans la famille.

À vingt-deux ans, il n'avait pas aussi bien réussi que sa sœur mais, dilemme, c'était lui qui ramenait la part non négligeable du budget mensuel. On ne voulait pas savoir de quelle façon il s'y prenait mais c'était sans aucun doute une des vraies bonnes raisons qui poussaient ses parents à le laisser vivre encore chez eux.

– Enzo ! Tu me prends *Il Mattino*… !

– *Si pa'.*

– Tu n'oublies pas, hein ? Et pas comme hier, en entier je le veux !

Enzo récupéra discrètement le porte-monnaie dans la veste du père et claqua la lourde porte qu'on avait renforcée depuis une tentative de cambriolage. Il l'avait juré à sa mère. Ce n'était pas un règlement de comptes.

– Mama, la Camorra ne pense pas tous les jours à te tuer !

Pas certain qu'elle fût plus rassurée.

En faisant geindre les marches jusqu'au rez-de-chaussée, il regarda sa montre. Du plaqué or. Il lui restait moins d'une demi-heure pour rejoindre Maria.

C'était le repas du mercredi. Le sacro-saint repas du mercredi. L'imperturbable rendez-vous.

Toujours les mêmes antipasti au coin de la via Spaventa. Deux ou trois fois, ils avaient bien pensé changer de cantine, la carte étant, à peu de plats près, la même depuis le premier midi… mais finalement, non. Manque de curiosité ?

La facilité plutôt.

Maria l'ignorait mais, pour un grand service rendu au cuistot, son frère les faisait manger à l'œil ici et la gratuité pesait favorablement dans la balance des décisions. Du coup, Enzo tenait toujours à régler l'addition et Maria trouvait que c'était bien comme ça.

Enzo s'acheta un paquet de blondes à l'*alimentari* du bas et remercia, intérieurement, son père pour ce petit cadeau dont il ne saurait rien. Il écouta machinalement ses derniers appels tout en évitant de justesse une énorme merde qui jonchait le trottoir. Un grognement sortit de sa bouche à propos de ces « sales chiens » et de ces « cons de maîtres ». Il remarqua néanmoins que les oiseaux chantaient, que le printemps était là, que Naples était débarrassé de ses ordures et que ça le mettait finalement d'une excellente humeur.

Rapidement, il longea la *Stazione Centrale*, jeta un œil prudent à deux, trois gars qu'il savait à leur poste et devait absolument éviter puis manqua se faire écraser en traversant plus loin.

« Bastardo ! »

Un chapelet de klaxons résonna rageusement sur *Corso Novara.* Enzo sourit parce que c'était ce qu'il faisait de mieux. Puis il frôla encore quelques vitrines et bifurqua juste avant le n° 60. Pas la peine de tenter le diable ce matin. Dans cette rue, le diable s'appelait Luigi Da Costa, patron d'une friperie. Enzo l'avait sérieusement planté sur un coup, la semaine passée. Luigi avait, dit-on, la gâchette facile et Enzo comptait sur le temps pour lui faire digérer ce bémol.

Enfin, il ralentit le pas et, devant « Le Stromboli », il arracha le film plastique de son paquet pour en sortir une première cigarette. Mais à peine le temps de fouiller sa poche pour trouver un briquet qu'une voix décidée lui refroidit le sang.

– Faut que tu arrêtes…

Enzo reprit difficilement son souffle.

– *Qué ?*

– Ça ! Faut que tu arrêtes. Tu vas te tuer.

De son regard d'infirmière, Maria ne plaisantait pas avec la cigarette. Pourtant, elle embrassa son frère avec le même plaisir que lorsqu'elle le sortait du bain. Elle le devança dans le restaurant et retrouva la table près de la fenêtre.

– Les parents, ça va ?

– *Perfetto...*

– Papa s'est arrangé avec le voisin, pour le bruit ?

– Non.

– Je passerai vous voir dimanche. Ma garde se termine à huit heures, tu leur diras ?

Enzo détailla Maria. Ses yeux tumultueux, sa minceur délicate et ses cheveux noirs noués, sa douceur de toujours et son plaisir à faire le bien des autres. Non, décidément, ils ne se ressemblaient absolument pas !

Mais il comprenait Felipe, son mari...

– Tiens, je t'ai rapporté le CD que tu m'as prêté.

– Et ?

– Bah, bien...

– Mais encore ?

– Ça chante aigu !

– Tu l'as écouté bien sûr ?!

– *Si !*... Ça chante aigu, je t'ai dit !

Maria secoua la tête. Enzo partit dans un éclat de rire. Elle avait beau l'espérer secrètement, c'était une évidence : elle ne ferait jamais l'éducation musicale de son petit frère.

– Tu viens avec moi cet après-midi, je voudrais choisir un cadeau pour la fête de maman. Si je lui demande, elle dira qu'elle a déjà tout et que « venir la voir c'est déjà parfait »... mais je pensais à une place à l'opéra, justement.

– *Scusi*... impossible, non, j'ai rendez-vous devant la Caremar. Il y a encore des touristes qui embarquent pour les îles... *mia bella.*

– Et tu vas leur vendre tes merdes...

La voix de Maria brisa le charme du mercredi. Glacée, sans prise correcte pour s'y accrocher.

– Mais rien du tout ! Je fais découvrir le pays. Les richesses, la culture... !

– C'est de la contrefaçon, Enzo. Faut que tu arrêtes.

– *Qué ?*

– Mais tout ! Tes trafics, tes relations et tout ce dont je n'ai même pas idée... Tu vas te faire descendre. Si ce n'est pas par la *polizia* ce sera par un autre clan. Tu sais très bien les dernières tueries de la semaine ! Un jour on te retrouvera dans le fond d'une poubelle. Je ne veux pas ça pour les parents. Et arrête avec tes « *mia bella* » !

Enzo sentit le froid jusque sur ses épaules.

Il jeta un œil rapide au travers de la vitrine, certain d'avoir vu des ombres familières et dangereuses se faufiler. Bien sûr, pour Maria, il avait dit « devant la Caremar » et « les touristes » parce que, les contrefaçons, c'était ce qu'il y avait de moins grave. Mais dernièrement, les patrons lui avaient mis entre les mains quelque chose de plus grand qu'il n'avait pas pu refuser. On lui faisait confiance, c'était pour le tester. Impossible de reculer. Impossible d'en parler à Maria.

Cette impression d'étau contre sa poitrine. C'était inévitable ces derniers temps. Mais il se refusa de nouveau à penser que sa sœur avait évidemment raison. Alors, le genou droit tremblant, il fit mine de bouder. Cela marchait plutôt bien avant.

– Oh… et puis fais comme tu veux… tu es assez grand après tout.

– Oui, je suis grand… !

– On se voit dimanche alors ?

– *Si…*

Une dernière fois, Maria embrassa Enzo et le regarda s'éloigner en direction du port, une nouvelle cigarette à la main. Elle libéra son vélo de l'antivol, voulut donner un premier coup de pédale décidé avant de découvrir par terre le passeport de son frère.

– Oui, assez grand… ! soupira-t-elle.

Et elle retourna chez elle, sans la moindre envie de flâner, finalement.

La nuit était déjà bien avancée quand les cris déchirants de Mme Cartaglia retentirent en écho. Maria sursauta. En sueur et en larmes. Enzo venait de mourir une nouvelle fois sous ses yeux, criblé de balles sur le port. Pourtant, le réveil indiquait 2 h 06. Elle soupira, inspecta du plat de la main le côté droit du lit avant de se rappeler que Felipe était en déplacement pour la fin de la semaine. Mais une nouvelle salve de hurlements la fit bondir véritablement hors du lit.

L'immeuble comportait quatre logements, tous les habitants se connaissaient et, rapidement, tout le monde se retrouva au rez-de-chaussée.

L'appartement était dévasté. La porte d'entrée n'avait pas été fracturée mais des bris de verre faisaient un tapis sur le sol de la salle à manger et Mme Cartaglia suffoquait encore dans son couloir.

Ils étaient trois. Trois jeunes à visage découvert. Pourquoi ces jeunes alors qu'elle était toujours aimable avec ceux du quartier, n'est-ce pas ? Vingt-cinq ans dans le même logement et jamais rien de la sorte. Ils l'avaient forcée à s'enfermer dans la salle de bains en menaçant de lui « démolir entièrement la gueule » si jamais elle en sortait avant leur départ. C'était allé très vite. Quelques bijoux, son sac à main, de l'argent qui traînait, beaucoup d'objets…

Quelqu'un se chargea de prévenir la *polizia*. Sitôt sur place, on questionna un à un les locataires, profitant que leurs idées n'étaient pas encore déformées par l'imaginaire et les extrapolations.

Maria se sentit d'abord extérieure à la scène. Elle contempla le ballet des carnets de notes, des stylos et des flashs de l'appareil photo puis versa un verre d'eau à sa voisine du dessous pour l'aider à reprendre ses esprits. Enfin, ce fut son tour.

– Vous êtes certaine de les avoir vus s'enfuir ?

Maria revit Enzo allongé sur le port.

– Ils étaient bien trois, c'est ça ?

Elle affirma que oui.

Ensuite, Maria aida à la création d'un portrait robot, que Mme Cartaglia enrichit et s'empressa d'approuver. Elle donna même des détails précis sur les vêtements de l'un d'eux. Cela dura une éternité.

– Il faisait sombre mais, oui, c'est à peu de chose près cela. Pour les trois. Surtout le deuxième, précisa-t-elle en pointant du doigt le dessin. Est-ce que je peux partir maintenant ? Ma garde commence dans une heure…

Après avoir noté ses coordonnées, on laissa Maria remonter chez elle, se passer un filet d'eau sur le visage, nouer ses cheveux noirs et s'habiller pour l'hôpital.

Le petit matin pointait son nez. En sortant, Maria remarqua que les oiseaux chantaient, que le printemps était là et une nausée subite déforma son visage. Elle enfourcha son vélo, jeta un dernier regard las aux policiers affairés et laissa tomber de sa poche le passeport de son frère, près d'un buisson.

Un soupir tremblant filtra entre ses lèvres.

Enzo ne le comprendra sûrement pas. Mais ce sera tellement mieux pour les parents qu'il s'arrête enfin.

Entre 14 et 16

« “Sacré détour, dis-moi.
– À qui le dis-tu ? On ne peut pas se retrouver ici par hasard.”
Voilà : c’est un sourire de presque rien, qui pourrait être le signal du bonheur. »

L’Arrière-Saison, Philippe Besson

– Je ne comprends pas Samuel. C’est vrai, il pourrait avoir toutes les plus jolies filles du monde et… et voilà…

Nina laisse vagabonder ses derniers mots. Pourtant, elle ne se vante pas. C’est ce qui désarme aussitôt les regards, prêts à la fusiller, de ses copines du lycée Claudel.

De l’envie pure.

Parce que ce « Samuel »-là est bien celui des magazines. « Son regard de loup, cette crinière à l’abandon, sa façon d’écrire le brutal et d’hypnotiser les caméras », d’après les interviews.

– Mais, finalement, ton père va bosser avec lui ?

– Je crois.

– Et il vient chez toi ? Souvent ?

– Pas souvent mais la pièce se précise, il y aura des répétitions à caler.

Nina répond aux questions, simplement.

En arrivant à la soirée de Marion et Julie, elle savait déjà qu'il n'y aurait pas d'autre thème qui vaille le coup : celui des mecs. Surtout le sien, en l'occurrence. Alors elle laisse parler.

– Moi je crois que je pourrais le bouffer sur place, ton Samuel ! Excuse, Nina, mais vous l'avez vu l'autre soir, affalé sur la table, devant le présentateur, les épaules en avant… mmm.

– Oui enfin, il n'a pas répondu à la moitié des questions !

– Attends, qu'est-ce qu'il en a à foutre des questions sur sa vie, c'est sa liberté. Il fait ses livres, ses films… c'est bon.

La voix de Nina clôt le débat.

– Il n'était pas à l'aise…

Parce que, d'autorité absolue, elle est celle qui le connaît. Autour, chacune s'enfonce un peu plus dans le moelleux du lit, tente de déchiffrer jalousement la moindre intonation et puis le battement désordonné des cils et les lèvres complètement vivantes quand elle prononce son prénom. « Samuel »…

Nina dit son prénom parfois. Juste pour elle, pour se rassurer. Mais ce soir, elle n'aura pas besoin d'avouer quoi que ce soit. C'est si visible que, pour lui, elle est allée bien plus loin que « Bonjour bonsoir, j'aime beaucoup ce que vous faites ». Julie est même certaine que les parents n'en savent rien. Le père de Nina est dans la mise en scène, toujours occupé. Sa mère ne jure que par sa fille et l'éblouissement éloigne tellement de la réalité…

Si Nina n'avait pas été une amie, cela aurait été si facile de la cafter !

Alors ses copines en sont certaines… « Cela » a dû se passer à Paris. Nina y va souvent. Il aura dédicacé une partie de l'après-midi dans une librairie du 6e. Elle l'aura attendu comme une fidèle lectrice. Lui, terriblement présent sous sa mèche noire, à grand renfort de sourires complices. Il l'aura trouvée audacieuse et patiente, belle, parce que Nina est comme ça.

Puis, repas dans un restaurant du Marais. Bien sûr d'une main agile il aura subtilisé l'addition, c'est un gentleman. Ils auront trouvé un hôtel, fébriles, pour le côté cinématographique.

Et la nuit sera devenue égoïste.

Non… vraiment on ne fait pas ça à une amie !

Ou peut-être à Bruxelles. Apparemment, il y vient quelquefois. Apéritif prolongé chez ses parents. Le comble. Elle se sera habillée léger, sera descendue, pieds nus, au dernier moment. À la limite de l'incorrection. « Nina, tu as dit bonjour à Samuel, bien sûr ? » Son père n'aura rien vu venir d'un jeu déjà commencé. Pour une fois elle aura pris un porto – dix-sept ans, merde –, les hommes auront parlé art. Il se sera défendu sur ses mots. Tête penchée vers le sol, les bras posés sur ses jambes écartées. Un cow-boy un peu boudeur. Et puis : « Nina, tu devrais y aller, il est tard. C'est bien demain tes évals ? » À une heure moins le quart, elle se sera donc dépliée. Sa hauteur comme point d'illusion. Un blanc dans la conversation. « Mais reste, Samuel… Tu peux dormir là… La chambre d'amis est toujours prête… Tu rigoles ? Tu ne déranges pas du tout. » Elle aura laissé la porte de sa chambre entrouverte.

Et la nuit sera devenue égoïste.

Julie ne sait pas laquelle des deux versions choisir !

Tout à coup, le vibreur de son téléphone fait sursauter Nina.

– Les affaires reprennent ? s'amuse Julie. Non, je sais, ta mère s'inquiète de savoir si : nous ne sommes pas shootées au dernier degré, réponse A... B, en pleine orgie romaine... Ou si tu es bien bordée, réponse C.

Nina accompagne les rires. Ses copines sont folles, c'est un fait. Ne surtout rien changer. Pourtant, en découvrant l'expéditeur du texto, elle ne peut s'empêcher de se mettre, une nouvelle fois, entre parenthèses.

– C'est grave ?

– Non...

– Ben montre-nous ! lance Marion. Tu verrais ta tête... on dirait un bernard-l'ermite qui vient de trouver une coquille trois-étoiles. C'est agaçant, ce sourire !

Nina tourne lentement l'écran bleu vers l'assistance. *Dîner bruyant avec comédiens bruyants. Neige sur Londres... heureusement. Prochaine fois je t'emmène.*

– Pu-tain...

Venant de Marion, l'insulte est un signe d'émotion.

– Ben ça va pour toi, le bonheur ! T'as vraiment envie qu'on t'étripe ?!

Nina grimace un « vraiment pas de ma faute » amusé.

– Je réponds rapide… promis.

Ses doigts dansent. Ils s'étourdissent sur les touches. Une façon de caresses.

La semaine suivante, elle revient au lycée. Un livre et le papier kraft qui l'enveloppait encore déchiré dans sa main.

– C'est pour mes dix-sept ans… un livre de son ami, Philippe…

Nina récite lentement de mémoire la carte qui l'accompagnait.

– … Il dit que je suis « Louise », la femme en rouge de *L'Arrière-Saison*… qu'il viendra me chercher dans ce bar et que je ne dois pas avoir peur du silence ni du vent de Cape Cod.

– T'es chiante ! soupire Marion. Je veux bien qu'il vienne me chercher, moi aussi, s'il n'a rien à faire pour les dix ans à venir ! Parce que, par exemple, je suis TRÈS fragile juste après les cours !

Julie, elle, s'anime alors aussi sûrement que si elle détenait les clés d'une énigme policière.

– Son « ami Philippe », justement, il dédicace ce week-end à la Foire du livre. Il est passé hier soir dans une émission du câble.

La Foire du livre, c'était le moment pour Julie de faire, sans broncher, des heures de queue devant les illustrateurs de BD et de craquer pour un de ces sandwichs américains sous cellophane, débordant de tartare.

– C'est cool, non ?! Imagine, tu mets une petite robe rouge, tu attends ton tour et tu lui susurres « Je suis Louise, votre personnage » !

– C'est ça, et je passe pour une vraie psychopathe !

– Mais non ! Après tu lui expliques l'astuce, bien sûr. Le cadeau, Samuel et le reste.

– Ouais… on verra…

Le week-end d'après, il pleut. Légèrement. Assez de gouttes néanmoins pour faire frissonner le cou, désagréablement. Nina marche jusqu'à la station Porte de Namur et s'engouffre dans le métro. Ligne 2. Deux femmes y exhibent leurs dernières trouvailles. Petits pantalons taille basse, chaussures de créateur et débardeurs échancrés. Presque rien de tissu. Nina ne peut s'empêcher de comparer avec sa tenue du jour. Jupe sur jean large, fausses Converse et pull léger. Du confortable, du réglementaire pour la vie de tous les jours.

Retrouver les filles à la Foire du livre n'était pas la mission la plus difficile de l'après-midi. Au pied du bâtiment « Tour et Taxis ». Entrée des visiteurs. La ponctualité, en revanche, c'était une autre histoire.

– Qu'est-ce que tu foutais ? On a failli entrer sans toi, je te signale. Allez, go !

Sous les poutres métalliques, les allées de la Foire ressemblent à des descentes d'avions présidentielles. Des kilomètres de moquette boursouflée où trébuchent les poussettes et les personnes âgées.

– Ça vous dit un américain ? Tout de suite !

– Tais-toi, je viens juste de manger !

– Une bière alors…

Mais les tentatives de Julie s'épuisent dans les remous de la foule. De son côté, bercée par le brouhaha, Nina en est certaine maintenant, elle ne fera pas dédicacer son livre offert. Ce n'est pas de la peur ni de la gêne juste que les mots de l'histoire lui suffisent. Et puis les copines sont tellement incontrôlables.

– Oh merde, merde et merde !

Le chapelet délicat de Marion produit son petit effet. Aussitôt, des lecteurs se retournent en souriant, d'autres secouent la tête. Quel désespoir, cette jeunesse !

– Qu'est-ce qui te prend ?

– Ben lis toi-même.

Marion marque un peu plus le pli central du programme. « 14 heures-16 heures : Entretiens avec Philippe B. et… Samuel B. L'adaptation littéraire au cinéma. »

Nina manque de renverser une pile de livres posés en coin de table. La chaleur semble avoir quitté son visage. Elle peine aussi à trouver un rythme régulier à sa respiration. Elle l'avait imaginé ailleurs, ce week-end. Elle sourit pourtant.

– C'est pas grandiose ? On y va, c'est obligé, s'exclame Julie.

– Je sais pas… bredouille Nina. Il va y avoir un monde fou.

– Bah, ce sera moins romantique que d'habitude mais pour lui il n'y aura que toi, non ?!

Marion accompagne sa réplique d'une moue à la Marilyn Monroe.

– T'es con !... et puis c'était pas prévu.

– Justement. Tu vas le cueillir, sur ce coup-là.

– Oui mais pas de sabotage...

– Ça va, on sait se tenir.

– On restera bien loin !

Par sécurité, Nina scrute le profond de leurs yeux. Ses copines sautillent sur place, pareilles à des vautours en faction. Pour la discrétion, ce n'est pas gagné ! Pourtant, leur excitation la porte presque. Un petit courant électrique vrille l'intérieur de son ventre. Elle dit son prénom, juste pour elle, pour se rassurer. Il doit bien se douter, finalement, qu'elle est dans les parages.

Elles sont les premières dans la salle surchauffée. Au centre il y a une table basse avec deux bouteilles d'eau minérale et deux micros couchés. Marion et Julie cherchent un temps la meilleure place. « Pas devant », supplient les yeux de Nina.

– Je suis trop fière de toi, souffle Julie, ça tient tellement du prince charmant, ton histoire.

Et le prince charmant entre ! Le pas détaché, à l'abri dans son caban, suivi de son ami auteur. Le modérateur les installe et les filles rougissent sans même s'en apercevoir.

– Bonjour et merci d'être venus…

Une introduction tellement banale !

La discussion s'est à peine installée quand Samuel relève la tête. Machinalement, son regard balaie la salle et les sourires inutiles. Automatiquement, il s'arrête sur elle et Nina retrouve tout ce qu'elle sait de lui, cette manière intacte de la retenir, sans un mot, jamais. « Cette crinière à l'abandon » des interviews. Elle ne cherche même pas à se libérer de la main de Julie qui broie son avant-bras, d'énervement. Parce qu'à ce moment suspendu, elle tremble qu'on puisse voir sur son visage comme elle est auprès de lui. Elle aimerait qu'il puisse s'y apercevoir aussi et un petit vide la fait tanguer infiniment.

– Mesdemoiselles, il faut prendre un ticket ! Non mais vraiment, toutes ces jeunes filles énamourées, c'est terriblement indécent !

Le rire de Philippe B. rebondit sur ceux qui attendent de prolonger la rencontre. Un pied de nez aux convenances.

– Je suppose que vous voulez Samuel. Mais arrêtez ça tout de suite. C'est un bandit, un hooligan de l'amour !

– Non, c'est différent, Nina le connaît… croit bon de préciser Julie. Très bien même.

Nina pivote la tête vers sa copine. De la lave en fusion au bord des lèvres. Si elle pouvait l'étrangler sans que la sécurité de la Foire intervienne, elle le ferait, précisément.

Samuel, lui, semble s'en amuser. Ça ne le gêne pas. D'un geste félin, il pose le stylo entre les pages, referme le livre où son portrait est dessiné sur la couverture et le redonne à sa propriétaire. Il sort une cigarette.

– Tu vas bien ?

– Plutôt…

Un silence s'attarde. Et personne pour l'endommager.

– C'est joli les cheveux comme ça.

Nina s'en veut de ne pas trouver les mots. Le corps en sursis. Criante de trouble.

– En fait, il faut qu'on y aille avec Philippe, on doit voir un producteur d'ici.

Et Marion de brailler :

– Pour être franche, je n'ai pas cru Nina quand elle nous a dit pour vous deux… mais là, presque le jour de son anniversaire en plus !

Samuel passe alors une main dans ses cheveux, s'ébouriffe et fronce tendrement les sourcils.

– Ah ouais… ben bon anniversaire.

– Du coup pour le livre des saisons, tu peux bien la demander, la dédicace.

– Non, c'est bon, souffle Nina.

– Alors… à bientôt.

Et Samuel s'éloigne. Il est très fort pour ne pas se retourner. Nina, elle, reste encore un peu dans son parfum, ses copines, plus jalouses que jamais. Elle dit à nouveau son prénom. Juste pour elle, parce que c'est inespéré.

Plus loin, Philippe ralentit le pas dans l'allée.

– T'es impossible !

– Qu'est-ce que tu racontes ?

– Cette fille…

– Ben quoi ?

– Encore une qui t'a laissé son numéro de portable sur un bout d'enveloppe…

Samuel ne s'arrête même pas.

– Cette fille ? Mais je l'ai jamais vue.

Et Kennedy est mort

« Et toi, quelle sorte de malheur es-tu ? lui demanda-t-elle.
– Je suis l'Espoir ! »

La Boîte de Pandore

Une rue *sur la pointe des pieds.*

Pour Mapple Street, c'est la seule image qui me vienne. C'est ma rue, voilà.

Et maintenant, je suis assis.

Peut-être que ça fait longtemps. Le dos contre l'arbre. Je n'ai pas froid…

Il y a la tronçonneuse de Ben qui vrombit en élaguant le platane des Hawkins, la chienne des Johnson qui a ses chaleurs, le vent aussi, et là, je dois me faire une raison : en face, ce n'est plus la maison de Cassidy.

For sale.

C'est la grosse dame de l'agence, chantilly de cheveux sur la tête, qui a planté l'écriteau dans la pelouse. Impeccable.

Ici, tout le monde la connaît, notre maison c'est elle aussi. En fait, toutes nos maisons se ressemblent. En brique.

Elle a tellement peiné à enfoncer le pieu blanc qu'elle s'y est reprise à trois fois ! Ça m'a fait sourire parce que j'ai pensé aux chasseurs de vampires, à Béla Lugosi quand il joue Dracula, qu'il faut attendre son sommeil pour l'atteindre au cœur. Plus difficile à tuer, une pelouse, finalement… Enfin c'est certain, dans notre résidence, les vampires, ils n'ont rien à craindre…

Cassidy et sa mère sont reparties hier, en fin de matinée. Ça n'a pas duré plus d'un mois.

Je peux pas dire que c'était une surprise, le départ de Cassidy, je l'ai su dès le premier jour. « Au fait, on reste pas longtemps… alors pas trop de plans sur la comète… C'est mieux de ne pas se faire des habitudes. »

C'était un peu ridicule. Je veux dire, comme elle parlait… comme dans *Casablanca* ou *Le Faucon maltais*…

avec une voix plus grave pour faire Bogart. Aussitôt j'avais reconnu. Je lui ai précisé que je connaissais les films. Personne ne me bat pour les films. Pour ma mère, c'est une maladie « ce cinéma », la violence, le bruit, les invraisemblances. Pour mon père, c'est ce que nous partageons. On y va le mardi soir et c'est comme des heures de récompense.

Alors, oui, peut-être que c'est le moment du flashback pour que j'explique cette fille…

Il y a un mois, le 22 novembre, pile, Cassidy et sa mère se sont installées sous nos fenêtres. Dans la maison des Richards. « Trop vieux, pas d'enfants, rapprochement du centre-ville. »

Je l'ai entraperçue à sa descente de voiture et je suis allé voir son prénom direct sur la boîte aux lettres. Le petit drapeau rouge dressé pour signaler le passage du facteur.

Mr & Mrs Richards.

Ça n'avait pas bougé.

Dans la rue, personne n'a remarqué leur arrivée.

J'étais le seul. Faut dire, le 22 novembre pile, ce ne sera plus jamais une bonne date. Quand la Terre s'est arrêtée de tourner ici, les esprits étaient ailleurs…

Ce jour-là donc, le bus m'a déposé plus tôt. J'ai coupé par le jardin de la veuve Perry. J'ai le droit parce que je lui rentre son lait en été pour qu'il ne reste pas au soleil. C'est un arrangement. Pourtant, en entrant dans le salon j'ai regretté mon avance, presque aussitôt. Ça sentait les meringues au citron, le thé, le rouge à lèvres. Ma mère recevait. Sa réunion de produits de beauté. J'avais oublié.

J'ai lancé « Bonjour » et toutes les femmes ont sursauté. Ma mère s'est tournée vers moi, dans sa robe à fleurs, serrée à la ceinture par un ruban saumon, comme essoufflée. J'ai presque éclaté de rire à cause du morceau de meringue au coin de sa bouche.

Et puis non. À cause du désespoir entre ses larmes.

« Oh Tom… on vient d'assassiner le Président… »

Ma mère n'est pas du genre à blaguer.

Ou juste à Thanksgiving avec les voisins.

Et le bout de meringue est tombé.

« … À Dallas, dans sa voiture. C'est atroce… »

À presque 15 heures. Heure de la zone du Centre.
À Grand Prairie. 14 miles de Dallas. L'Ouest.
Je jure, on aurait dit un séisme.
Alors c'est vrai… j'ai pleuré aussi.

Quand je suis sorti, le lendemain de la nouvelle, Cassidy nettoyait son vélo sous un jet d'eau glacée. Un vélo de garçon. D'homme. Ça m'a étonné…

Par exemple, les garçons du lycée, c'est inscrit sur leurs fronts qu'ils n'aiment pas quand une fille se prend pour eux. Cassidy portait une salopette bleue recouverte de peinture, des chaussures de militaire et les cheveux attachés comme s'ils étaient courts. Ça faisait beaucoup… je veux dire pour une fille.

Sur le moment, elle ne m'a pas vu approcher ou elle a fait semblant, je ne sais pas. Je ne voulais pas lui faire peur ni faire style je viens pour la drague mais je ne faisais pas de bruit et je l'ai laissée m'éclabousser.

– Tu regardes juste ou tu prends une éponge aussi ?

Elle avait sur les lèvres un ton mi-amusé, mi-qui décide quand même. Aussitôt, je l'ai imaginée en fille western. Quand l'écran géant déroule ses espaces de cactus. Pas peur des chevaux et, pour la musique de son générique… un harmonica qui fait de la poussière. James Coburn à bout de bras.

Seulement, je devais la dévisager de trop parce que…

– Au fait, on restera pas longtemps… pas trop de plans sur la comète… C'est mieux de ne pas se faire…

Alors, j'ai frotté le cadre et les rayons, comme elle disait. Cette force dans sa voix… rien d'autre à faire. J'en ai même oublié complètement de guetter autour de moi. Des fois qu'un gars de l'école passerait. On me collerait une étiquette de lavette pour le reste de l'année. Je n'ai pas besoin de ça.

Elle s'acharnait. Comme si ce vélo, c'était une question de vie ou de mort. Comme si de sous la boue sortirait autre chose que de la vieille ferraille. Son vélo, il venait de la guerre. Cassidy me regardait à peine. Mais ses yeux faisaient des aimants.

– Ta tête d'enterrement, je suppose… c'est pour notre trente-cinquième Président d'hier …

Mais forcément !

J'avais encore la voix de mon père entre les oreilles. Qu'ils avaient roulé à toute blinde jusqu'à Parkland pour l'hôpital… qu'un ancien Marine de vingt-quatre ans était déjà arrêté depuis l'après-midi… caché dans un cinéma… qu'y avait un film qui montrait tout, surtout l'horreur dans la Ford… que tu pouvais très bien imaginer que derrière tout ça c'était la droite de Dallas plutôt… et le *« Welcome Mr Président »* bien chargé à la une du *Dallas Morning News…*

« Dieu a retiré sa bénédiction à l'Amérique ! »

Mon père. Il ne rabâchait plus que ça maintenant.

Et Cassidy par-dessus tout.

Elle ne pouvait pas être une fille toute simple ? Une voisine « bonjour bonsoir », à la limite « les exposés ensemble » mais sans besoin de faire une explosion directement dans mon cerveau ?

Après le vélo, elle a fermé le robinet du jardin. Ses doigts étaient bleus de froid.

Pas grave. Elle a relevé son visage vers moi.

On est de la même taille, j'ai pensé.

Et puis je n'ai pas vu venir la suite.

– Tu sais garder le silence ?

Ça, je savais.

– Un silence comme jamais ?

Oui.

– C'est moi, pour le président Kennedy.

… J'ai presque entendu la balle.

Assourdissante. C'était sorti simplement. La voix qui glisse. Je crois que je n'avais jamais entendu ça aussi nettement. La voix qui glisse. Certaine.

– Non, merde, rigole pas avec ça ! j'ai répondu.

Un rictus de maladie en travers du visage.

Je me suis senti con.

– Est-ce que je rigole ?

– Non mais arrête…

– Est-ce que je rigole ?

– Non mais le Président, quand même…

Le pire. Elle ne se vantait pas.

Non, des filles qui se vantent, y en a plein les couloirs du lycée. Le genre qui gloussent dès que le professeur enlève son gilet. Et lui, obligé de se justifier qu'il s'arrête là dans son strip-tease. Tant pis pour la chaleur insupportable. Pour Cassidy, rien de tout ça.

– C'est-moi-pour-le-président-Kennedy.

Elle annonçait juste comme on énonce une vérité.

– Mais tu me cacheras ?

Là, j'ai dit que j'avais envie de vomir.

– Faut que tu me promettes que tu me cacheras si jamais ils débarquent…

– Arrête, je t'ai dit ! Arrête !

Seulement une heure que je la connaissais.

Et je suis parti en courant.

Après, je me suis effondré sur mon lit. Endormi et plus rien. Deux jours sans parler, juste les nausées. Pas de fièvre. Tellement de nausées que c'était possible que ce soit vivant, sans moi, dans mon ventre.

Le docteur a parlé du « contre coup » – « On pouvait s'y attendre chez les plus jeunes aussi. » Mes parents ont hoché la tête pour l'évidence mais je n'ai rien lâché sur Cassidy.

Une seule de ses phrases pour que je tombe dans le vide de tout… une seule…

Pourtant je ne l'ai pas vraiment crue, bien sûr…

La première fois que j'étais dans ses yeux… Je ne devais pas la croire.

Six jours encore je ne suis pas sorti et l'école n'a pas fait d'histoires. Ma mère s'est inquiétée. J'aurais fait pareil, j'imagine. Aussi bien ça ressemblait à un deuil national dans ma chambre.

Entre-temps, mon père est revenu avec un poste de télévision. Depuis longtemps je réclamais… des mois entiers, parce que au lycée, faut s'en douter, il y a ceux qui l'ont et les autres. Heureusement, certains soirs, je pouvais tricher avec Sam, le fils d'un ami de mon père. Du même club. Je pouvais dire, par exemple, que je savais pour le base-ball, que j'avais vu les résultats et que c'était gigantesque comme victoire. Mais j'en voyais bien les limites aussi : avec ce Sam, on n'avait rien comme goût en commun.

Mon père a tout branché et, de ma chambre, j'ai entendu grésiller les réglages. C'est drôle, avant, ce poste, c'était un « trop grand investissement ».

Là, c'était pour suivre un enterrement.

Pendant que j'étais dans mon lit, on a abattu le Marine, Oswald, dans un parking souterrain. Il avançait, menotté, entouré, photographié. Il disait qu'il était innocent, que c'était un coup monté, qu'on l'avait arrêté à cause de l'URSS où il avait vécu.

Lee Harvey Oswald et une autre balle.

J'ai pensé, alors c'est vraiment ça… qu'on peut mourir aussi vite qu'un morceau de meringue.

C'est Cassidy qui m'a sorti de ma chambre. Je veux dire, toutes les questions que je me posais sur elle. Je me suis donc levé et ma mère a fait ce sourire qui s'adresse avant tout à elle-même. Elle était rassurée. *On est fort à leur âge.* J'imagine qu'elle s'était convaincue. J'ai pourtant refusé les œufs au bacon, dans l'entrée j'ai marqué une pause et, finalement, j'ai traversé la rue.

– Vous ne changez pas le nom sur la boîte aux lettres ?

Ma voix n'a pas tremblé.

Cassidy a haussé les épaules en détaillant ma tenue du jour. Blouson beige sur pantalon gris, l'écharpe noire et mes lunettes bien remontées. Rien de travers – ma mère aligne les plis de pantalons comme ses parterres de rosiers – Cassidy a considéré que je tenais debout, que ce n'était pas la peine de revenir sur mon absence. Elle a donc repris là où on en était.

– Sinon, il y a de beaux coins par ici ?

Un « beau coin » ? C'est à Creek Lake que j'ai pensé aussitôt. Parce que j'ai failli m'y noyer le jour de mes six ans… Après le pique-nique, j'étais entré dans l'eau. Quelques pas à peine et, sans prévenir, la vase du fond qui m'avale presque en entier. C'est allé vite. Je sais que j'avais les yeux ouverts sous l'eau verte. Je revois maman qui tend des bras déformés par les remous de la surface et mon corps qui ruisselle ses frissons mouillés.

La peur me revient toujours.

Mais, oui, c'était un « beau coin » pour Cassidy.

Elle m'a suivi en détachant ses cheveux. Il fallait marcher un peu. S'éloigner du centre pour trouver la route exacte. Devant l'église, c'est con mais j'ai baissé les yeux. J'ai accéléré le pas aussi. Je ne sais pas si j'étais fier de connaître une fille qui tuait les présidents, enfin, qui avait tué ce Président-là et je crois que j'ai cherché à l'intimider.

– On n'a pas fait Thanksgiving cette année…

– Nous, on le fait jamais.

– Et t'y as pensé ?

– À quoi ?

– Mon père… qui pourrait être membre du FBI, de la CIA, t'arrêter sur-le-champ.

– Non.

– Tu me racontes tout, j'aurais pu lui en parler.

– C'est le cas ?

– … Non.

– Tant mieux.

Le seul boulot de mon père, c'est d'assurer des voitures qu'il ne peut pas s'offrir. La Cadillac série 6400 Eldorado convertible. Deux portes. Six places, par exemple. « Je t'assure, Tom, si un jour je peux la mettre dans notre garage, peu importe la couleur du cuir des sièges… ! Mais regarde ses ailes arrière… »

Quand Creek Lake s'est étendu devant nous, Cassidy est passée en trombe à côté de moi. Elle a couru sur le chemin pour arriver la première. Au bord de l'eau, elle devait s'attendre à ce que je dévale aussi mais j'ai pris mon temps. Je n'aime pas la compétition.

Par réflexe, elle a jeté un coup d'œil à sa montre. Il y avait une tache brune sur sa main gauche, entre le pouce et l'index. Aussitôt je l'ai remarquée. Avec un peu de rose au centre. Du rose pas guéri. À vif.

– C'est ma brûlure !

Elle l'a exhibée comme on dresse un trophée… avec un sourire, comme si, au fond de moi, je devais bien savoir d'où ça venait. Mais une brûlure, ça peut tout aussi bien être une casserole qu'un feu d'artifice, le frottement d'une corde, un briquet…

Après… les questions… je n'ai pas réussi à les poser.

« Comment tu savais pour l'heure exacte ? À quoi ça t'a servi ? Tu n'étais pas toute seule. Ta mère t'a aidée forcément ? Et l'arme ? T'en as fait quoi, de l'arme ? T'as couru vite ? Tu t'es cachée ? Putain à quoi ça t'a servi ?

Et ton père il est où ? Y avait que ta mère à votre arrivée dans la voiture. On t'a donné de l'argent au moins pour cette saloperie ? C'était pour quoi au fond ? Pourquoi c'est à moi que tu racontes ça ? Tu ne connais pas d'autres garçons ? »

Au loin, on a entendu une sirène.

On avait le droit d'être à Creek Lake – même avec une fille j'avais le droit –, mais j'ai sursauté quand même. Une secousse mauvaise le long du dos. Je me suis vu chercher une cachette pour Cassidy, rapport aux flics et ça m'a énervé de tomber dans le panneau malgré moi. Elle, elle n'a pas bronché. Elle a couvert le bruit en raclant les cailloux avec sa semelle.

– Je ne t'ai pas dit encore, mais je vais faire gouverneur bientôt.

– Gouverneur ?!

– Parfaitement. J'ai regardé, pour les études c'est un peu long mais je suis tenace.

J'ai détourné mon regard, cherché un point où poser mes yeux, un point neutre, un truc attirant dans ce « beau coin » parce que, enfin, elle ne pensait pas vraiment que je pouvais croire à ça, hein ? Impossible. Alors ça servait à quoi qu'elle insiste ?

– Gouverneur du Texas, c'est bien non ?

Mais merde. Ça ne collait pas. Tueuse et gouverneur, les deux à la fois, ça ne pouvait pas coller. À cet instant, elle m'aurait craché dessus, c'était pareil. C'est vrai, se foutre de moi pour la deuxième fois, carrément… Peut-être parce que j'étais un garçon elle me mettait dans la poussière ? J'aurais voulu qu'elle parle beaucoup plus, comme les autres filles, tiens, qu'elle ait un trop-plein de conversations dans la bouche. Quelque chose de normal. J'aurais bougé la tête pour lui faire plaisir. Sûrement que j'aurais fini par lui demander de m'excuser, que j'étais pressé… mais j'aurais tellement préféré ça à ses phrases justes posées et lourdes. J'aurais voulu dénicher de la folie dans ses yeux. Pouvoir dire : mais oui, c'est bon, c'est l'asile et rien d'autre ! Comme elle est forte… je n'ai même pas remarqué que cette fille était barjo, qu'il lui manquait une case ! J'aurais pu en rire, presque. Trouver des excuses.

– Tu pourras pas… j'ai juste soupiré. Tueuse et

gouverneur, les deux à la fois, ça peut pas coller. Tu pourras pas…

Dans l'heure qui a suivi, nous sommes rentrés sur Mapple Street. Un silence gravé entre nous. En souterrain. Avec des kilomètres de galeries. Cassidy a dû penser que j'étais le genre de garçon timide, sans frère ni sœur, le fils à maman qui reste dans sa chambre, parce qu'elle s'est retournée plusieurs fois, elle a souvent ralenti le pas pour m'attendre. En fait, je m'en foutais… je crois que j'étais épuisé… un truc comme du vide entre mes oreilles… m'apercevoir que Cassidy était devenue le centre de tout… si rapidement… surtout encore plus triste de ne pas comprendre les règles de son jeu… l'énigme de Cassidy.

Début décembre, quelques jours, je l'ai évitée. Évitée au point de chercher la meilleure heure pour sortir de chez moi, de baisser la tête, de ne pas vouloir respirer le même air, de trembler en l'apercevant au loin. Comme pour la peste. Ça marchait plutôt bien.

J'ai commencé une nouvelle maquette. Le Airacomet

Bell P-59. Notre premier avion de chasse à réaction, de 1942. Manque de chance, il n'a jamais été engagé pour des missions de combat, pas assez performant.

Chez nous, il y avait un air de fête qui revenait. Les chansons de Noël.

Ça ne trompe pas, contre le froid, maman met toujours son crooner en boucle sur la platine du salon. *A Jolly Christmas From Frank.*

– Tu entends sa voix… Écoute sa voix, Tom… Il ne chante que pour moi, tu sais ?! Du sucre d'orge ! Sa voix, c'est du sucre d'orge !

Christmas Song. En boucle…

Et ça l'a fait rire aux éclats. J'ai pensé, Frank Sinatra chante pour tout le monde. Mais je n'ai pas voulu faire fondre les yeux de ma mère.

« *And every mother's child is gonna spy*
To see if reindeer really know how to fly… »

Et puis mon père est entré. Lentement. Sans le savoir il a fait à nouveau basculer toute la bonne humeur.

– Au fait, j'ai invité les voisines, samedi.

Il les avait croisées en centre-ville. Tout près du

cabinet d'assurances. La mère de Cassidy sortait de chez Deagan Garden Shop. Et mon père… mais ça ne représentait rien pour lui. Je veux dire pas plus que de la politesse. Juste la bienséance de la famille qui habite en face.

« J'ai-invité-les-voisines. » Comme il dépose ses clés sur la console de l'entrée.

Aussitôt, ma mère a souri. Je l'ai détestée.

Elle a défroissé machinalement sa robe, arrangé sa coiffure. Je l'ai détestée. Il y avait de la bonne action dans l'air. L'occasion rêvée de faire des gâteaux au kilomètre. De sortir l'argenterie et les petits plats et les grands. D'utiliser le nouveau robot ménager « tellement précieux pour faire gagner du temps à la femme moderne ». Un slogan de publicité, oui.

J'ai voulu hurler tout cela. Parce que moi ?

Samedi soir ? Et quoi ? Cassidy allait franchir le seuil de la porte. Elle me regarderait encore à peine. Je devrais l'emmener dans ma chambre. Elle verrait mes maquettes d'avions. Elle ne se moquerait même pas. Il y aurait son silence. Voilà, son silence et ses manières de garçon manqué. Et quoi ?

En bas, mes parents s'amuseraient parce qu'une

fille dans ma chambre ce n'est pas si souvent, la première fois même… Mon père me rappellerait sûrement le regard de Marlon Brando ou la démarche de James Dean. Avec un clin d'œil peut-être ?

Et quoi ?

Nos mères savaient-elles seulement que nous étions allés à Creek Lake ? Que ça me noyait cette histoire de Kennedy. Que je ne voulais plus rien comprendre à Cassidy. J'avais essayé. J'avais été patient. Bien éduqué à écouter les filles. Et rien. Ça faisait un brouillard encore plus épais chaque fois que je la voyais.

Alors samedi soir, j'étais décidé à remettre Cassidy à sa place. À la moindre occasion.

– Tom, tu crois qu'elles aiment Frank Sinatra ? On le mettra, d'accord ? On verra bien… Tiens, regarde… le coin de la nappe qui rebique, oui, là… allez Tom… allez, fais quelque chose… Écoute, rien n'est prêt… pourvu qu'elles aiment la dinde !… Tom, sors-moi le plat bleu pour les canapés… dans le buffet… et tu te repeignes avant qu'elles n'arrivent, bien sûr ?

Tout était parfait. Parfait et dégoulinant.

La porte de l'entrée s'est ouverte sur Cassidy. Aussitôt, j'ai senti l'électricité dans ma nuque. Cassidy en long manteau rouge et robe blanche. Ça ne lui allait pas. Enfin, ça ne lui plaisait pas et ça se voyait. Avant les premières paroles, j'ai planté mes yeux dans les siens pour qu'elle sache que je n'abandonnais pas, que je n'avais pas abdiqué. Et tant pis si elle croyait à une guerre déclarée. C'était un peu ça finalement. Ils étaient calmes, ses yeux. Profondément calmes et brûlants.

Ma mère a déroulé son savoir-faire devant celle de Cassidy un peu étonnée de ces manières de tapis rouge.

– Je n'aime pas cuisiner.

Elle s'est presque excusée.

– Vraiment… ?!

– Vraiment. Demandez-moi une purée de pommes de terre et je vous prépare un enduit pour reboucher les trous… indestructible !

Mon père n'a pas pu s'empêcher de froncer les sourcils. J'ai même cru qu'il y avait du dégoût sur ses lèvres.

– Eh bien de ce côté-là je suis gâté. Catherine est un vrai cordon-bleu comme on dit ! Elle tient ça de sa mère.

– Je ne dis pas, il faut être passionné.

– Elle peut passer un temps fou à la cuisine !

Maman s'est sentie flattée. Elle a reproposé du dessert pour la troisième fois.

– Vous savez, je rentre du travail à dix-sept heures, je n'ai pas le courage… et puis, il y a Cassidy… je suis toute seule…

D'un signe de tête, mon père m'a conseillé d'emmener « mon amie » plus loin, de lui faire visiter la maison, ma collection de maquettes, mes livres sur le western. J'aurais pu prévoir ce moment à la minute près. « Oui, oui, allez-y, pas de soucis, les enfants… »

Seulement, je n'ai pas eu le temps de poser mon pied sur la première marche de l'escalier que Cassidy a enfilé son manteau rouge. Elle m'a tendu le mien. Et discrètement la poignée de l'entrée a tourné.

Nos pas dans la neige. C'est en les entendant crisser que j'ai compris que je l'avais suivie.

Je ne me suis pas retourné. J'ai marché comme un automate et nous ne sommes pas allés très loin. En face. Les lumières de nos guirlandes se reflétaient dans les fenêtres de sa maison. C'est un concours dans Mapple Street. Il faut que les maisons ressemblent à Noël. Toutes nos maisons ressemblent à Noël.

Cassidy est passée la première et j'ai franchi le seuil de chez elle. Aucune décoration. C'était inhabituel. Je veux dire, toujours on s'était vus dehors… ailleurs… Là, entre ses murs, c'était comme me retrouver dans ses bras.

– On fait quoi ?

J'ai chuchoté :

– Il faut que tu me parles maintenant, Cassidy. On fait quoi ?

Mais, toujours silencieuse, elle a soulevé le couvercle d'un coffre, dans le salon. Elle a déplacé des nappes et des serviettes avant de mettre la main sur un long tissu sale. Avec du cambouis, de la boue, je ne sais pas. Un objet emballé. Elle n'avait rien allumé. Je l'ai dévisagée encore. Tellement belle… tellement dure et son visage vraiment loin.

– Il faut que tu arrêtes, Cassidy… une fois pour toutes… J'te suis pas.

– Je sais.

Elle m'a tendu le paquet. Lourd. J'ai su aussitôt ce que j'avais dans les mains… qu'elle avait dit « Je sais » mais que ce n'était pas terminé, que je l'avais suivie, qu'il y avait ma sueur sur mes tempes et que c'était le fusil.

Une arme de trop.

Alors je me suis rué sur elle. Si près que je sentais le chaud de son corps, que je pouvais voir les frissons sur le grain de sa peau, que ma bouche a hurlé contre la sienne sans la faire sourciller :

– TU TE CROIS PLUS FORTE QU'UN HOMME ? C'EST ÇA ? VRAIMENT PLUS FORTE ? POUR ME FOUTRE DANS LA POUSSIÈRE ?

– Non…

– Alors arrête ton baratin. Bordel ARRÊTE ! T'as pas plus tué de président que moi de… caïmans ou de fourmis rouges. Tu n'y étais pas à Dallas. Je sais pas pourquoi mais c'est dégueulasse ce que tu fais. Ça me bouffe à l'intérieur de pas savoir. Depuis un mois. Je prends pour qui ? Tout… tout ça je le prends à la place de qui ? C'est quoi la vérité ? C'EST QUOI ?… Enfin, tu peux l'expliquer… tu peux pas continuer… il avait une femme, des enfants…

– Alors on les protège… sa femme et ses enfants.

Et pour la première fois sa voix a vacillé, et pour la première fois des larmes ont roulé, silencieuses.

– Faut qu'ils arrêtent de croire qu'ils peuvent nous écraser, tout gouverner, nous laisser tomber et s'en sortir. Parce qu'ils peuvent très bien mourir aussi.

– Mais lui, c'était un bon, j'ai ajouté.

– Lui ?… Peut-être… Oui… on ne sait pas…

Elle a haussé les épaules comme je l'avais vue faire, déjà.

Nous étions dehors.

Je l'avais repoussée dehors. Sans même m'en rendre compte. Le froid cinglait. Le froid et le vide. Le fusil toujours plaqué contre sa poitrine.

– Garde-le. Je n'en veux plus. Mais tu me cacheras ?

Alors la crosse s'est élancée. J'ai vu la crosse s'élever au-dessus de mon épaule.

Balayer l'air glacé. Rapide. Elle aurait brisé Cassidy.

C'est sûr, j'aurais pu faire craquer le moindre de ses os. C'est ce qu'elle a cru sur le moment. Sa respiration coupée. Tétanisée.

Mais non…

Bien sûr que non…

Éloigner l'arme d'elle. Loin d'elle. Hors de son danger. C'était le plus important. De toutes mes forces je l'ai jetée. Le fusil s'est enfoncé profond dans la neige, tout près d'un platane. Sans aucun bruit ou presque. Un choc étouffé.

Et je l'ai prise dans mes bras.

Tellement serrés pour qu'elle ne tombe pas. On est vraiment de la même taille, j'ai pensé, oui. Ma main droite s'est posée sur ses cheveux courts. Ça grondait dans nos têtes malgré le dehors qui nous enveloppait.

Et, comme ça, exactement comme ça, nous avons tout délaissé. Mapple Street et le reste.

Derrière la fenêtre, j'ai aperçu nos parents qui souriaient. C'est ça, un sourire de parents devant notre « si joli Noël »… mais ils ne savaient rien de rien.

Ils n'en sauront jamais rien.

De toute façon, en face, ce n'est plus la maison de Cassidy. Je le savais dès le premier jour. En revanche, pour le gouffre qu'elle me laisse… je ne sais pas comment dire… cette boîte pleine que je ne peux pas ouvrir… enfin… peut-être que je ne pourrais pas l'oublier… et tout ça.

– Tom ! Rentre, tu vas attraper froid.

Mais je n'ai pas froid…

Contre l'arbre, je n'ai pas froid. Le corps s'habitue.

– Si je fais des muffins, ça te va ?

Mais oui…

J'ai fouillé sous la neige… comme un fou… je n'ai pas retrouvé le fusil. Après son départ, pour le fusil, rien…

– Bon Tom, j'ai vraiment besoin d'aide.

Oui, j'arrive…

Qu'est-ce que je vais faire de ça ? Hein ? Il faut que maman se bouge, qu'elle sorte enfin de là, qu'elle les jette, ses robes, que papa se l'achète, sa foutue voiture. Parce que « Dieu a retiré sa bénédiction à l'Amérique » et que… pourtant… il faudra bien continuer à grandir. Loin de Mapple Street, c'est ça… et sans Cassidy.

Harold

J'aime les animaux.

Le renard, je l'ai trouvé ce matin à la borne 64. J'ai fouillé sous le pelage pour trouver une plaie de plomb ou de pare-chocs, mais non. Je reconnais que c'est une aubaine même si, d'après M'sieur, ça ne loupe pas d'un pli. Par ici, la forêt libère tellement d'animaux qu'il y a notre bonheur à tous les coups. En plusieurs tours de ficelle bleue sur le quad, le renard pouvait pas glisser sous moi. C'est mon habitude pour les moyennes bêtes. Le moteur, en dessous, ça les tient encore au chaud.

– Merde ! C'est vraiment crade ! Comment tu peux toucher ça ? Non mais, les puces, tu y as pensé ? Les maladies… je sais pas ?

– Ben, j'aime les animaux…

Ils ne me croient pas. Leurs sourcils font toujours comme si j'étais fou.

– Aaaah… non, t'es glauquissime, Grégoire. Je t'assure.

En vrai, ils disent pas souvent « Grégoire ».

C'est « Le Yéti » qui revient plutôt comme surnom qu'on me donne. Ils font pas attention dans la conversation, ça tombe aussi sec, c'est de l'habitude et moi, j'ai plus le caractère pour gueuler après une chose comme ça.

Hier, ils sont revenus tous les quatre pour les vacances, chez leurs parents, et je sais déjà que c'est pas le bon vieux temps qu'ils rapportent. Ce serait plutôt le rôle des hirondelles ou des grues cendrées.

Je ne sais pas vraiment dans quel travail ils sont. La mère de Sacha dit qu'on parle de lui dans les journaux sur la planète qui se réchauffe. Klamp fait des radios à ceux qui se cassent quelque chose, Zim est devenu prof et Boule, je sais pas.

D'accord, peut-être que je les laisse venir me voir, que je souris, ils s'arrêtent sur la place mais je ne parle pas le premier, faut pas croire. Je ne me laisse plus faire. Je suis au courant maintenant, c'est comme ça depuis l'école, depuis notre CP à tous.

– Bon sang ! T'avais vraiment la castagne dans la peau ! T'étais déjà une montagne… tu te rappelles, fallait pas te regarder de travers sinon…

« Sinon… », ça voulait dire « bagarre ».

Klamp a raison. C'est une réputation. Le problème c'est qu'ils devraient oublier. Comme j'ai fait. La castagne, j'en fais plus. Je voulais bien passer des portes pour m'avancer et je savais pas faire autrement que de les enfoncer.

– Et ça fait combien de temps que tu es chez le taxidermiste ?

Je furète un peu autour. Je renifle.

– L'année dernière.

J'ai la jambe droite qui remue plus fort. Parce que, le renard, faut pas que je traîne trop.

– C'est un apprentissage alors ?

– Non, c'est plus ça, maintenant je suis embauché.

Boule détaille mon quad. Je sais pas, il veut sûrement faire un tour. Une autre fois, je pourrais lui proposer.

On ira dans le bois de la Mouche. Avec les ornières, c'est un peu comme du rodéo là-bas mais je maîtrise, depuis le temps.

Klamp me donne une tape sur le bras. Il sourit en plus. Comme dans la cour ou à la cantine quand il s'approchait de moi et que tout se terminait en petits pois sur les genoux, en coups aussi.

– Samedi, on fête l'anniversaire d'Aurore… on est là pour ça, tu vois ?

– Et tu ne l'as pas revue ? enchaîne Zim.

Non, je l'ai pas revue.

Enfin depuis la primaire bien sûr que oui, mais pas depuis longtemps quand même. Certaines personnes, elles ressortent de temps en temps des bois mais finalement, c'est devenu des souvenirs.

– Ce sera chez ses parents. Par contre, c'est une surprise. Eh… ce serait drôle que tu viennes, t'étais aussi amoureux d'elle, comme nous, je suis sûr qu'elle ne s'y attend pas !

Je hausse les épaules…

– Bon, c'est confirmé, tu viendras, hein ?

Parce que je trouve pas à dire que ce n'est peut-être pas une bonne idée.

Aussitôt arrivé à l'atelier, je montre le renard à M'sieur. Son local est au fond d'une cour. Je peux garer le quad facilement au ras des grandes vitres. Il y a une petite plaque dorée sur sa porte pour dire notre métier. M'sieur m'a toujours dit que c'était de l'or vrai et je cherche souvent à savoir si c'est pour me faire marcher mais lui, il tient bon que non, que je peux mordre dedans, pour voir !

Ses yeux pétillent en découvrant la fourrure orange dans mes bras.

– Tu as vraiment le chic pour trouver des perles, hein ? Alors... où, celui-ci ?

Je sens tout de suite que j'ai un sourire qui remonte.

– À la 64, entre « les Chevreaux » et le gîte des Dufort.

– Excellent... Garde-le pour toi, celui-là ! C'est toi qui t'en occupes, d'accord ?

Je n'ai pas fait beaucoup de pièces entières encore. Juste une. Ça m'a pris des mois et des mois ! J'ai cru que j'y arriverais pas... alors je préfère suivre les conseils plutôt. Apprendre encore, le temps qu'il faudra. M'sieur, lui, bien sûr il a déjà empaillé de tout et plus facilement que ça. Même un lion pour le musée d'Histoire naturelle. La seule bête qu'il n'aime pas, c'est les oiseaux… à cause de « je ne sais pas, leurs restes de cruauté préhistorique ! ».

– Alors tu es de sortie samedi ?

– Oui M'sieur, un anniversaire…

– Bon, je te propose, on livre les deux cerfs pour l'hôtel et je te libère après si ça te va.

– Oh oui, ça me va, oui.

– Vendu !

La maison d'Aurore est juste à la sortie du village. Je le sais par cœur. Une des plus grandes avec son portail en fer-blanc et un petit parc juste devant. Je suis arrivé un peu en retard, j'ai enlevé la ficelle bleue d'autour le moteur – j'avais pas d'autre place pour le cadeau – et quand j'ai vu le style des voitures garées, aussitôt j'ai pensé que j'aurais dû me raser. Il y avait des grandes tables de banquet installées sous l'ombre des arbres et Klamp m'a remarqué le premier. Il m'a fait un geste pressé pour que je m'approche. Avec le même sourire.

– Le Yéti ! T'es venu !… c'est parfait !… le clou de ma surprise !

Aussitôt, Klamp m'a traîné jusque dans le salon en passant devant Zim, Boule et Sacha. J'ai les mains moites et rien que je reconnais d'agréable autour. J'entends les verres qui se cognent, des rires sur tous les tons, faut écarter une foule étouffante et puis… ses cheveux couleur soleil… enfin.

– Aurore ?!… J'te kidnappe deux minutes à ton fiancé. Pour le grand invité surprise, mystère et perdu de vue ! Roulement de tambour…

Elle tourne la tête et rapidement, ses yeux voltigent de moi à Klamp pour revenir vers moi. La bouche d'Aurore s'est ouverte, sans bruit, sans petit cri.

Belle, oh oui, comme si elle sortait de la forêt.

– Avoue, tu ne t'y attendais pas ! lance Zim.

– Mais sans « Le Yéti » on n'était pas au complet ! continue Boule.

Dans mes grosses mains, je me souviens que j'ai mon cadeau. Je tends le paquet et je marmonne « Bon ann… iversaire ».

M'sieur dit qu'un cadeau, sans le savoir, ça reflète

toujours l'intérieur de nous qu'on y met. Aurore referme ses mains légères dessus.

– Ah ? Merci… mais tu n'étais pas obligé… tu sais, fallait pas… tu veux un verre ?

– Non…

– D'accord… oui, c'est vraiment une surprise… et… qu'est-ce que tu deviens ?

– Je travaille.

– Ici ?

– Oui, pas loin. Sinon, tu peux l'ouvrir plus tard si tu veux…

J'ai parlé vite pour me débarrasser. Aurore penche sa tête vers le gros ruban que j'ai fait de travers.

– Hein ? Non, non, je veux voir tout de suite. Bien sûr.

Doucement, Aurore arrache le papier vert mousse. Derrière elle, y a son fiancé qui s'intéresse aussi et Klamp, Boule, Zim et Sacha, tous autour, pareil. Et soudain, personne ne dit plus rien.

Ils regardent juste.

Ils tombent dans mon cadeau, en entier.

– Je l'ai appelé… Harold, je précise.

– Aaah, t'es vraiment glauquissime, Grégoire !!!

– Mais, c'est quoi ça, c'est un blaireau ?!

– Non… un marcassin…

– Ah t'as des idées super pour les anniversaires toi… !

Là, je suis comme une punaise qu'on écrase et qui sent mauvais à mourir. Les autres lèvent Harold le plus haut possible, comme un trophée au-dessus des têtes. Comme sur une vague, Harold se laisse emporter de pièce en pièce et tout le monde m'oublie. Je ne veux pas attendre, je recule, j'entends plus la foule, je retrouve les tables de banquet, je m'en vais. Personne ne me voit, je sais. Juste mes pas sur les graviers pour m'éloigner complètement.

– Grégoire !

– …

– Grégoire, attends… !

Je me mets à l'arrêt.

Bien sûr j'ai reconnu la voix mais je ne sais pas si je veux retrouver son visage.

– C'est… c'est très beau, je te remercie.

Je hoche la tête. Je veux pas qu'elle soit obligée de le dire. Il faut qu'elle le pense vraiment, comme à l'intérieur de moi. Parce que les rires des autres, en fait, je m'en fous bien.

– C'est la première pièce que j'ai faite. Fallait quelque chose de brillant pour toi. J'en ai pas d'autres encore. Un renard, peut-être bientôt.

– Oui, vraiment, je te remercie…

Aurore dépose son regard sur moi. Longtemps. Elle fait pencher son corps, suspendu, et avec sa manière de le caresser, je sais qu'elle prendra soin de Harold.

Juste avant de partir, je remarque quelques-uns de ses cheveux sur ma manche. Je vais les garder. Pas comme pour les petits animaux bien sûr. Elle me tourne le dos, elle rentre dans son bois et un drôle de frisson peigne ma tête. Alors, je pose ma main sur le quad.

Son moteur est encore chaud.

La double peine

« Il donnait de grands coups (…) ainsi qu'un puceron pris entre deux feuillets d'un livre sous la menace d'un aplatissement complet. »

Germinal, Émile Zola

La prof de français releva la tête au moment de ranger ses affaires. La sonnerie avait déjà éparpillé la moitié des élèves mais celui à qui elle voulait parler en particulier était encore là.

– Jérémy, tu veux bien attendre un peu, s'il te plaît.

Le garçon soupira en regardant partir les autres. C'était l'heure du self et toujours cette même bataille si on ratait le premier service.

– *Germinal*, ça ne te passionne pas.

– Ben si…

– Non en fait, Jérémy, ce n'était pas une question mais un constat.

La voix de Mme Monsalve était douce, pas détachée mais douce.

– Écoute, je sais que tu es plus matheux que littéraire mais tu ne peux pas prendre tes cours à la commande. Ce n'est pas un fast-food et tu ne peux pas passer à côté de Zola.

Là, Jérémy pensa que Zola était bien passé à côté de lui, et que s'il avait écrit un peu plus gros, moins long et avec un peu plus d'humour aussi…

– Enfin, t'as lu le livre en entier pourtant ? Vous n'êtes pas si nombreux à l'avoir fait. On en a parlé longtemps. Et franchement, le devoir n'était pas infaisable. Mais je t'ai regardé pendant l'heure, c'est comme si l'histoire… enfin, tu étais très, très loin des mines… !

– Ouais mais y a au moins mille personnages dans ce livre, que des morts, c'est la misère et leurs grèves aboutissent même pas…

– Ça je te l'accorde, j'aurais pu faire *Au bonheur des dames*, y avait plus de filles dedans et ça sentait le parfum. Mais justement, vous qui adorez les films d'horreur… et les grèves, on est en plein dedans ! Non, c'est vraiment dommage. Je sais, c'est un livre difficile. Tu n'es pas le seul à avoir eu du mal mais là, t'enchaînes des notes vraiment moyennes.

– Ben, c'est déjà pas mal… la moyenne !

– Jérémy, je t'en prie ! Tu te mets au travail, et rapidement, et dans toutes les matières, même la mienne ! Le conseil approche et moi, ta prof, je ne laisserai pas passer ça, d'accord ?

Le garçon hocha la tête avec une mollesse très convaincante.

– Bon, tu peux y aller, on en reparlera plus tard.

Jérémy traîna un peu dans les couloirs du premier, remonta son pantalon en se tortillant et ricana nerveusement en dévalant les escaliers parce que la cour embaumait l'huile chaude… Un midi idéal pour les adorateurs de frites et de Big Mc Zola, éventuellement !

Il était presque dix-neuf heures quand le père de Jérémy poussa la porte de l'entrée. Il portait deux sacs de courses pleins à chaque poignet plus un paquet de Sopalin sous le bras droit.

– C'est bon ! Je devrais m'en sortir… ! lança-t-il à la cantonade. À moins vraiment que personne n'ait rien à faire de crucial… ou juste un peu pitié.

– Pose tout… mais pose tout… ! enchaîna sa femme, les mains dans les tomates farcies.

Jérémy, lui, fit le mort du mieux qu'il put et plongea dans le magazine télé avant de voir son père s'approcher du canapé, quelques minutes plus tard.

– Bonsoir, fils…

– Soir' !

– Une bonne journée ?

– Mouais…

– Parfait-parfait. Et c'est quoi cette histoire ? T'as encore eu une remarque aujourd'hui ?

– Non, trois fois rien…

– Tu veux rire j'espère ?

– Mais non… c'est à cause de Zola.

– Ah oui ? Et en histoire à cause de Napoléon, de la reine en anglais, en SVT à cause des grenouilles… je veux bien, Jérémy, mais en français ? En français ! C'est un comble ! Mince ! Tu as la chance d'être entouré, profites-en !

Jérémy souffla à s'en décrocher les narines. Il avait déjà entendu tout ça dans la journée. Alors quoi, c'était le jour des complots ? Avec bandes vidéo à l'appui ?

Là-dessus, un dernier râle agacé sortit de la cuisine :

– Oui, t'as vraiment intérêt à te mettre à bosser dare-dare sinon ça va chauffer pour ton matricule et, MOI, ta mère, je ne lâcherai pas l'affaire !

Pour son fils, la voix de Mme Monsalve se fit ferme, juste ferme.

La parka

Rien n'aurait pu empêcher Sylvain d'être, ce soir-là, devant sa télévision. Depuis le bon quart d'heure qu'il fixait l'écran, ses yeux semblaient avoir perdu de leur humidité et le piquaient au point de lui faire plisser les paupières. Le garçon se leva six fois comme par réflexe pour s'asseoir à nouveau, le corps en bout de canapé.

– Mais pose-toi un peu, tu me fatigues… soupira Rémy.

En trois ans de colocation, Rémy n'avait jamais vu son pote dans cet état-là. À vrai dire, dans la vie de tous les jours, Sylvain n'était pas le plus nerveux des deux. Il pouvait rester un temps fou à se préparer dans la salle de bains, il fallait le harceler pour qu'il descende les poubelles et personne ne l'aurait vu courir pour répondre au téléphone ou éteindre le four quand les raviolis carbonisaient. Alors cette excitation soudaine…

Pourtant, Sylvain, la télécommande bien en main, laissa passer fébrilement les publicités. Shampoing, céréales, voiture, forfait téléphonique, voiture. Il se surprit même un instant à chercher un bouton qui pourrait faire avancer les images. Mais rien.

– Je te rappelle au passage que ça fait une semaine qu'elle ne fonctionne plus, précisa Rémy. C'est encore à moi de m'occuper des piles, je suppose…

– Chut ! Attends, attends…

Le générique du journal de 19 heures apparut.

Un ballet de faisceaux horaires sur une Terre plus bleue que nature. Sylvain monta le son, le bras tendu à l'extrême vers le téléviseur. Toujours la même présentatrice, un visage souriant de régionale de l'étape.

– Mesdames, mesdemoiselles, messieurs, bonsoir… Rien ne va plus pour Gérard Tessi qui fait grise mine depuis son audience de ce matin. En effet, dans l'affaire qui l'oppose au groupe alimentaire Sodenance, l'homme a vu sa défense plier devant les nouvelles révélations de…

Les sujets défilèrent dans un silence de cathédrale, tous plus déprimants les uns que les autres, et Rémy décapsula sa Guinness en regardant par la fenêtre le lent réveil des réverbères. C'était peut-être le seul avantage d'habiter le carrefour bruyant d'une ville universitaire. Cela et le petit spectacle des carambolages quotidiens.

– … nouvelle journée de grève pour les employés de la brasserie du Loup hardi qui réclament le retrait total du plan salarial de rachat par une chaîne américaine… Reportage d'Anne-Marie Charbonnier et de Luc Etcheverry.

– Là ! C'est là, regarde !

Sylvain venait de hurler ! À la demande expresse de son pote, Rémy pivota vers le téléviseur. On se trouvait bien rue Nationale devant la fameuse brasserie. La même qui servait les frites à volonté le midi. Là, chaque employé jetait symboliquement son tablier de travail au sol, une serviette blanche lui bâillonnant la bouche. Mise en scène de western.

– Ouais… et alors ?! s'étonna Rémy.

– Mais minute…

La caméra revint sur l'envoyée spéciale dépêchée pour couvrir la manifestation. Elle articulait impeccablement et jonglait des sourcils mieux qu'un artiste de chez Bouglione.

– Là ! Tu vois là ? lança Sylvain, les yeux brillant d'une légère hystérie. Pas mal non ?

– Je vois quoi ?

– Ben avance-toi, merde, fais quelque chose !

Finalement, Rémy distingua assez nettement, dans l'attroupement qui s'était formé derrière la journaliste, la parka rouge de Sylvain avec… Sylvain dedans. La scène dura moins d'une minute. Rémy répéta :

– Ouais… et alors ?

– Ben rien… c'est juste drôle ! Je revenais de la fac, ils tournaient leur reportage, je me suis arrêté, voilà.

Rémy chercha rapidement dans son catalogue d'émotions celle qui serait la plus appropriée mais ne trouva pas mieux que :

– Super… c'est ça, « super » et je suis sincère !

– D'accord, ronfla Sylvain parfaitement vexé, merci

pour les encouragements ! T'attendais peut-être que je montre mon cul en plus ?

– Classe…

Rémy se leva avec la furieuse envie d'une seconde bière. Rideau. Le spectacle était terminé. Pourtant, Sylvain ajouta en tirant sur ses chaussettes :

– Au fait, tu ne sais pas si ça repasse dans la nuit… les infos ?

Rémy sourit à la bonne blague mais devant le sérieux inquiétant de son ami il lâcha simplement un « Non, aucune idée… et je m'en fous ».

Pourtant, le sourire ne quitta pas Sylvain du week-end. Rémy se foutait bien un peu de lui devant le groupe, entre les répétitions, mais Zoé, elle, trouva la petite aventure plutôt cool. Une apparition à la Hitchcock. Sylvain baissa les yeux car Zoé était depuis longtemps une promesse d'émotions.

Néanmoins, chacun retourna rapidement à ses occupations de vie. Cours, ciné, café, cours, ciné, café.

Le lendemain, au retour de la fac, haletant, Sylvain entendit le téléphone sonner dans l'appartement alors qu'il cherchait la bonne clé sur le trousseau. Il pesta contre la serrure difficile et jeta son vélo contre l'extincteur du palier, glissa presque sur le parquet de l'entrée et finit par décrocher le combiné dans un sprint inhabituel.

– Monsieur Vaillard Rémy ?

Ce n'était pas un journaliste, ni la voix de Zoé.

– Non, son colocataire. Rémy est absent.

– Excusez-moi. J'appelle pour la petite annonce. Voilà, j'ai eu votre numéro par la fille d'une amie qui est en fac de langues. C'est pour mon fils Kévin. Il est en terminale mais vraiment l'anglais, ce n'est pas sa *cup of tea* !

– … Rémy est absent… répéta Sylvain entre deux rires de la maman modèle.

– Ah bon, désolée.

Sylvain nota le numéro dicté, promit un rappel le jour même et colla le Post-it sur la porte de la chambre de monsieur le professeur. Aussitôt, et comme une horloge de précision, son ventre réclama le Nutella quotidien. Sylvain rentra son vélo et, sans enlever sa parka, se dirigea vers la cuisine. Une fois sa tartine terminée, il glissa machinalement ses mains dans le fond de ses poches pour en sortir le fourbi d'une journée. Carte de bibliothèque, bouton, ticket de tram froissé et un tract rouge plié grossièrement.

Il se rappela subitement la haie d'étudiants motivés distribuant cet avis de grève générale pour le jeudi suivant. Tous haranguaient les amphis pour mobiliser le plus grand nombre à la marche vers la préfecture.

Sylvain sentit alors clairement le ressort du génie se détendre sous son crâne. Un tilt de flipper impressionnant. Grogne des étudiants… manifestation… mouvement national… des tonnes de caméras sans aucun doute !

Il se mordit l'intérieur des joues avec frénésie. Au point de sentir peu à peu le sang perler sur ses gencives : le plaisir de sa première prestation venait de remonter aussi sûrement qu'un pêcheur d'oursins après l'apnée.

– Bon, sors maintenant, fulmina Rémy, tu n'es pas le seul à vouloir sentir bon dans cet appart.

Ce jour-J, Sylvain s'était retranché très tôt dans la salle de bains. Il avait décidé de ne rien laisser au hasard. Pas question d'apparaître une demi-seconde cette fois-ci et de passer pour le dernier du peloton. Pour être vu, il faudrait être devant.

– Tu te magnes ou je t'envoie le GIGN.

Rémy ne plaisantait pas. Après quelques coups de pied dans le bas de la porte, Sylvain sortit enfin. Tête haute. Conquérant avec encore un peu de dentifrice au bord des lèvres mais bientôt en première ligne.

Il arriva sur l'esplanade de la fac avant les premiers manifestants. Une petite angoisse roula dans sa poitrine. Qui était chargé de prévenir les journalistes ? Les étudiants avaient-ils un attaché de presse ou du moins une personne compétente ?

Très vite, et le prenant pour quelqu'un du mouvement, un jeune homme bardé d'autocollants fluo de syndicats, l'accosta :

– Salut, moi c'est Jérôme. Tu m'aides s'te plaît...

Méthodiquement, Sylvain déplia la banderole de tête et s'y accrocha, certain qu'il ne la lâcherait plus jusqu'à la fin de la manifestation. D'aussi près, il n'arrivait pas à lire les lettres peintes et démesurées mais, une fois qu'il serait crié par les centaines d'étudiants, le slogan ne devrait pas être dur à retenir. Et, à la manière d'une vague impétueuse et languissante, le cortège s'élança pour engloutir la ville.

Dépassant toutes ses espérances, la matinée se déroula comme le meilleur des scénarios. Sylvain revint à l'appartement claqué, les pieds en feu, mais trouva la force de laisser un texto à chacun des amis du groupe, les invitant à venir boire une bière vers 18 h 30, comme ça, pour le plaisir.

Pas plus tard surtout.

18 h 30 plutôt.

Un brouhaha confortable animait maintenant le salon. La télé était toujours branchée et tous venaient de découvrir « pour le plaisir » le compte rendu de la manifestation. On n'y voyait que Sylvain et sa parka, quasiment.

– Alors, comment tu me trouves ? se hasarda-t-il dans le tintement des bouteilles.

– Bien ! sourit Zoé.

Sylvain chercha maladroitement la position idéale. Manqua trébucher du coude sur la cheminée.

– Vraiment ?

– Oui bien, enfin très… militant !

Che Guevara… le rôle de sa vie ! Et Zoé ne s'y était pas trompée !

Le jour suivant, en arpentant les couloirs de la fac, Sylvain jaugea les regards qu'il croisait comme autant de preuves d'une petite notoriété nouvelle. Il était quasi évident que la plupart des étudiants l'avaient vu aux informations de la veille, rapport à sa parka si reconnaissable. La confirmation arriva d'ailleurs peu de temps après.

– Eh, je vous reconnais ! Vous êtes le garçon en rouge, celui de la banderole ! s'exclama Mme Legrand de l'administration.

Bizarrement, les cours se déroulèrent dans une bonne humeur énergique. Même la littérature comparée trouva une place dans son cerveau. Sylvain ne se décontenança pas. Ce qu'il fallait avant tout, c'était rester modeste vis-à-vis des professeurs et du petit personnel.

Le soir même, Rémy avait préparé sa spécialité. Son célèbre poulet au curry. On pouvait véritablement parler de « spécialité » puisqu'au fond, il ne savait cuisiner que cela.

– T'es en retard ! s'amusa-t-il.

– On n'est pas mariés à ce que je sache…

– Oh, c'était pour rire.

– Ouais ben, j'suis crevé.

Et Sylvain s'enferma dans sa chambre.

Quelque chose lui vrillait le cerveau, comme une démangeaison sous la peau : le « régional » parfait, mais pourquoi devait-il se priver d'être vu du plus grand nombre ? C'était trop bête. Si les grèves avaient été un fabuleux terrain pour un premier contact télévisuel, Sylvain pensa qu'il pouvait maintenant compter sur le partenariat de médias plus importants.

Dans la semaine qui suivit, il laissa la fac de côté pour appeler plusieurs chaînes de télévision, le service qui gérait le public des émissions. On lui proposa facilement quelques talk-shows, un programme littéraire, un autre de cuisine mais ça ne lui convenait qu'à moitié. En fait, on le plaçait souvent trop loin des animateurs, il fallait attendre des heures sans grand résultat et rapidement il croisa toujours les mêmes habitués. Seulement

Sylvain ne voulait pas faire partie du décor comme les autres. Une fois pourtant, sa parka rouge, qu'il ne voulait jamais enlever – c'était sa condition – avait fait son petit effet un soir de direct.

– Je dois quand même dire que, depuis le début de l'émission, vous m'étonnez, jeune homme : pas trop chaud ? lui demanda Laurent Ruquier.

– Si, chaud comme la braise !

Et le public avait applaudi en sifflant le bon mot.

Là, un déclic se produisit. L'audace bien sûr ! C'est ce qu'il fallait. Faire le buzz et tourner en boucle sur YouTube ou Dailymotion.

Alors, il se mit à rigoler plus fort sur les plateaux, d'un rire improbable qu'il s'inventa. Un mélange de train fantôme et d'animal en rut. Il accepta de faire le cobaye pour un exercice de bouche à bouche dans une émission de santé. Proposa de chanter en duo avec Vanessa Paradis – ce qu'on lui refusa poliment mais fermement devant les caméras –, il fit passer un message d'amour à la participante d'une télé-réalité après avoir tenté d'escalader le mur d'enceinte des studios. Et cela, toujours avec sa parka rouge.

Le groupe répétait maintenant sans lui. Rémy mangeait son poulet seul. Même Zoé, après quelques appels tombés dans le vide, suivit les échappées en moto d'Akim.

Un mois après, la porte d'entrée de l'appartement claqua violemment.

– Qu'ils sont cons ! Vraiment que des pauvres cons !

Rémy passa la tête dans le chambranle de sa chambre pour connaître la cause de ce tsunami vocal.

– Qu'est-ce qu'il se passe ? lança-t-il.

– Viens ! ordonna Sylvain.

– Deux secondes… je fais…

– VIENS BORDEL !

Sylvain écumait, la voix diabolique. Il tournait dans le salon d'une marche saccadée et nerveuse.

En l'apercevant, Rémy remonta ses lunettes et fronça les sourcils. Il ne reconnaissait plus son ami.

– Qu'est-ce que t'as fait à tes cheveux ?

– Quoi ?

– Tes cheveux ?

– Mais rien. Je pensais les raser complètement mais

je les ai faits bleus sur le dessus finalement. Une émission pour enfants… mais sinon tu remarques rien ?

– Si, tes cheveux…

– Putain, laisse mes cheveux en paix ! Je te parle d'autre chose.

Rémy détailla son pote méthodiquement. Aucun tatouage, aucun piercing, aucun impact de balle dans le tibia. Non, il ne remarquait rien de plus.

– Ma parka…

– Pardon ?

– Je n'ai pas ma parka ! Elle est restée dans ma chambre.

Rémy pencha lentement sa tête vers la droite.

– Tu crois vraiment que je pouvais continuer le jeu sans elle ? Ça, ils m'ont bien dit que c'était pas grave, qu'ils avaient des t-shirts ou des pulls à rayures géniaux. T'imagines ?!

Rémy laissa tomber sa mâchoire inférieure et se figea net. Pareil aux statues de Grévin ou de Madame Tussauds.

– Mais tu comprends rien, bordel, je-n'avais-pas-ma-parka ! J'ai commencé les premiers enregistrements avec… Ça n'aurait pas été raccord !!!

– Mais… tu débloques ! s'affola Rémy.

– Non, c'est surtout des gros cons à la télé ! Je vais me débrouiller tout seul. Et je vais leur en foutre plein la vue ! T'as toujours ton caméscope ?

Et Rémy lâcha l'affaire.

Le mercredi suivant, le groupe était programmé au café de l'Univers. La salle était bondée d'étudiants. Le graphisme des affiches « fait maison » avait alléché les curiosités. On se sentait peut-être à l'étroit des bières mais au plus près de la musique et chacun convint que le solo de Rémy avait été excellent. À la fois clair et percutant.

– Je suis vidé ! soupira-t-il.

Le patron déboula, tout sourires avec une girafe de brune mousseuse.

– En tout cas merci les gars. Pour la voix, pour le propos, pour tout. Nickel !

Rémy regarda Sylvain qui n'avait pas voulu jouer et se descendait une nouvelle pression. En retrait de la soirée.

– Ça t'a plu ? s'informa-t-il.

– …

– Je me suis planté sur une mesure mais sinon…

– …

– Écoute, si c'était pour faire la gueule, fallait pas venir. T'as du boulot, tes tournages, ta parka, t'as des soucis de notoriété, on peut comprendre, mon pote.

Sylvain leva la tête, les yeux luisants d'un noir de suie. Il alluma tranquillement le caméscope et le tourna dans sa direction.

– Mais je t'emmerde, « mon pote » !

Et il jeta sa bière sur Rémy avant de lui décocher un coup de poing dans le ventre et de quitter la foule sans aucun état d'âme. Sylvain était déjà un peu plus loin dans la rue quand Rémy le rattrapa et se jeta sur lui…

À la gendarmerie on plaça Sylvain en cellule de dégrisement.

– Ma parka ! Putain, faites gaffe à ma parka !

Il y avait, dans son caméscope, des images assez stupéfiantes. Des virées en scooter en plein cœur de la ville…

Dans la nuit, Sylvain ne trouva pas le sommeil. Les

muscles noués, il pivota sur le lit dur à la recherche d'un terrain confortable. Dans le fond de sa rétine, il y avait l'image du regard perçant de Zoé ce soir. Déçue bien sûr, apeurée surtout.

Il se leva six fois comme par réflexe pour s'asseoir à nouveau, le corps en bout de paillasse. Il déambula dans la semi-obscurité de la pièce, se recoucha lourdement sur le ventre et glissa ses bras sous sa tête, étendit les jambes, s'écartelant presque pour accrocher ses pieds au plus loin de lui et soupira tout ce qu'il avait d'air dans les poumons.

Le silence l'étouffa soudain.

Il se redressa violemment.

Ses lèvres muettes appelèrent Rémy quand un courant électrique percuta les recoins de son crâne.

Un métronome affolé. Une douleur brûlante au creux de l'estomac et des galops de tremblements.

Il calcula, fiévreusement. Utilisa ses doigts pour ne pas se tromper, haleta encore par manque de souffle et dans un râle de douleur comprit aussitôt son angoisse : qu'est-ce qu'il deviendrait s'il ne pouvait plus passer à l'écran ?

Sylvain releva sa tête et scruta automatiquement

la pièce étroite. Rassuré, il soupira, posa ses deux mains sur sa parka rouge, en remonta la fermeture éclair et ses yeux souriants se perdirent dans l'objectif de la caméra de vidéosurveillance…

Sauver le monde

Abira court. Dents serrées.

Dérape, remet sa valise sur deux roues et tire la poignée de toutes ses forces pour arriver finalement aux portes du train. Ruisselante. Le genre de situation idéale quand il s'agit de reprendre son souffle, de se montrer sous son plus beau jour de transpiration et de s'apercevoir qu'au premier coup d'œil, tout le monde a saisi l'histoire : que l'on fait autant de sport dans la vraie vie qu'une éolienne en plein été ! De quoi détester la terre entière.

Là pourtant, c'est le jour de Noël.

Depuis la fin de la matinée, la neige a endommagé des caténaires, certaines voies, ralenti le trafic. Abira aurait parié avec Éloise, sa meilleure amie de troisième, qu'elle raterait sa correspondance pour aller chez son père. Elle a pourtant, contre toute attente, une bonne demi-heure de sursis.

Alors, sans aucune aide d'aucun homme – pourquoi rêver l'impossible ? –, elle fourre rageusement son âne mort de valise dans le haut du casier, lance un regard éreinté dans la rame, trouve une place inespérée côté couloir et s'affale, enfin.

Soupir.

Presque aussitôt, sa voisine s'extrait de sa lecture pour lui adresser un sourire. Une petite vieille, le coup classique. Une fraction de seconde, Abira craint pour le reste du trajet. Certaines commencent par ce sourire-là et on ne peut plus les arrêter. Chiens, chats, maladie du mari, temps qu'il fait, faits divers, diplômes des petits-enfants si intelligents, les « moi à ton âge… », tout y passe. Et justement, Abira aurait bien deux trois choses à dire sur les vieux, les siens surtout, qui même en troisième la considèrent encore comme un bébé et lui offrent toujours les mêmes chats en céramique pour sa collection. La collection ? Elle est dans des cartons depuis ses six ans au moins ! Un chèque, c'est pourtant pas compliqué !

Alors oui elle aurait des choses à dire mais ce serait difficilement diffusable à cette heure de grande écoute ! Un petit rire sardonique s'échappe de ses lèvres. L'idée l'amuse !

Pourtant, la tête de la petite dame replonge dans les pages de son livre sans plus de manières. Abira reconnaît un des premiers Pennac. Celui avec le règlement du lecteur sur la quatrième de couverture.

« Le droit de ne pas lire ». Merci l'auteur ! Pour ça, le conseil a été suivi à la lettre ! Juste les livres obligatoires !

Et la rame continue de se remplir. Comme on bourre un caddie de début de mois. Un train gavé pour les fêtes.

Abira jette un coup d'œil au quai bondé. À coup sûr, certains ne monteront pas… impossible… devront attendre le prochain… pas de chance, les gens… !

Mais tout va bien. Enfin, pour elle, c'est bon. Joyeux Noël à tous !

Le train vient juste de démarrer.

On est encore aux portes de la gare et les derniers arrivés se sont installés comme ils pouvaient : debout, épaules jointes ou dos à dos. Chacun semble soutenir celui d'à côté. Un souffle de vent et c'est la chute des sardines ! Mais Abira s'en fout royal. Vraiment. Pour l'heure, elle veut juste vérifier que Zac Efron est toujours avec Vanessa Hudgens. Et gloire aux rails, pour ça, son *Bloser Mag* est au courant de tout !

Pourtant, c'est bien ce moment précis que choisit la petite dame pour se lever. Péniblement.

Bien sûr le cerveau qui bout, le cœur qui s'emballe et la colère qui monte. Parce que ça ne va pas le faire, mamie, les va-et-vient toilettes, les « j'ai oublié un truc dans ma valise »…

– Excusez-moi messieurs dames…

La voix est assurée, à côté d'elle. Le réflexe de chacun est de penser au contrôle des billets.

– Excusez-moi… répète la petite voix plus fort, j'aimerais vous proposer quelque chose.

Abira soulève des yeux inquiets. C'est quoi ce plan d'improvisation ?

– Voilà, nous avons au moins trois heures de voyage et je pense que ce n'est vraiment pas possible que ceux qui sont debout le restent jusqu'à l'arrivée.

Blanc de tombeau dans la rame.

– Aussi, dans une heure, une heure et demie je vous propose de faire un échange. Merci !

Abira disparaît au plus profond de son magazine. Tu vas voir que tout le monde a pensé qu'elles sont de la même famille ! Peut-être d'une branche éloignée qui passe par un cousin vendeur de tomates au Venezuela. Mais c'est certain !

« Je vous propose de faire un échange » ? Et quoi ? Les Bisounours seront bien gardés, c'est ça ?!

Il doit y avoir quinze rames dans ce foutu train et, bien sûr, il a fallu qu'elle choisisse la meilleure. Une bouffée de chaleur fait le tour de son corps. Ne rien montrer. Surtout faire comme si de rien n'était. Oublier.

Après une vingtaine de textos envoyés à Éloise pour raconter l'incroyable, Abira sort son paquet de cookies, le pose sur la tablette et croque, bruyamment.

– Messieurs dames… eh oh ! L'heure est passée ! Voilà, nous pouvons échanger !

Et la petite dame de chercher à se faufiler… enfin, à vouloir faire ce qu'elle a dit ?! À croire que c'est vraiment possible dans la vraie vie ! Au XXIe siècle ! Mamie Teresa…

Le réflexe de survie d'Abira est immédiat.

Comme en cours, faire semblant de dormir. Être un mur infranchissable.

– Mademoiselle… je vais avoir besoin de vous.

Abira tente ce regard vide qui agace tant ses profs, une absence de neurones pour être débarrassée.

– Allons mademoiselle… vous êtes jeune, un peu de courage. Je ne vous demande pas de sauver le monde !

Et, sans rien y comprendre, toute la suite échappe à Abira. Elle voudrait plus que tout pouvoir analyser ce qui lui fait ranger son magazine et les cookies, repousser la tablette contre le siège avant, se lever et laisser sa place maintenant disponible, sans broncher. Franchement, elle ne sait pas ce qui la pousse, quelle force extraterrestre ou quelle hormone nouvelle. La conviction de la voix, peut-être, ce regard de petite vieille, doucement posé.

Bientôt, c'est un brouhaha qui envahit la rame. Pas le bourdonnement des gens énervés qui trépignent pour avoir ce qu'ils veulent, non, une vague de discussions, plutôt, et des rires qu'Abira accompagne, un peu nerveusement. Comme une blague Carambar ou un truc gênant dans la bouche des parents.

Bientôt, certains sortent de quoi manger, d'autres de quoi boire. Un peu plus loin, un garçon – beau gosse – lance sa playlist pour en faire profiter tout le monde. Et plus rien ne ressemble à rien ! À son tour, Abira fait passer ce qu'on lui met entre les mains, par-dessus les sièges. Elle donne ses cookies, ici ou là, elle parle du collège, remercie pour le compliment sur son jean. Et vas-y pour les coups de téléphone, les chats qui miaulent et les enfants qui te récitent leurs poésies sur des rangées de genoux !

C'est un capharnaüm hallucinant ! Le genre de boucan de voisins qu'Abira aurait tant voulu détester.

Là pourtant, c'est le jour de Noël.

Elle tourne la tête en direction des voix et de la neige qui redouble. Son regard de fête croise alors celui de la petite dame, la « responsable », qui lui fait remarquer comme les autres rames semblent horrifiées de ce qui est en train de se passer ici !

Cela lui plaît. Vraiment. Participer à ce truc qui dérange !

Après… pour ce qui est de raconter à l'arrivée… peut-être pas. À personne même. La honte sinon…

Non, ce qu'elle dira plutôt c'est comme les vieux se permettent tout aujourd'hui.

Franchement.

De quoi détester la terre entière.

Un reste de poussière

« I close my eyes,
Only for a moment, and the moment's gone
All my dreams,
Pass before my eyes, a curiosity… »

Dust in the Wind, Kansas

Je ne l'avais pas quitté des yeux depuis le début de son trajet. Il était monté le dernier à River Forest. Voûté, le pas solide, le geste lourd, sans âge. Il avait traversé toute l'allée centrale. Il avait pris un temps infini pour se faire une place, tout au fond. Le chauffeur du bus n'avait pas coupé le contact et à grand renfort de regards dans son rétroviseur, il avait attendu avant de démarrer à nouveau. Je suis certain qu'il le connaissait déjà. Peut-être même que c'était un trajet régulier. Il ne l'avait pas fait payer, une sorte de passe-droit, et pendant quelques kilomètres, au moins, le vieux profitait de la chaleur.

Certains, à l'avant, n'avaient pas manqué de souffler un agacement de circonstance. Lui, imperturbable, s'était contenté de plier une veste de costume, épaisse et sans forme, de mesurer chacun de ses mouvements aussi tranquillement que s'il s'était préparé à une longue sieste de voyage.

J'avais déjà vu mon grand-père paternel dans ce genre de rituel, en vacances. Pas question de le déranger, ni de le presser, ni de lui trouver autre chose à faire : quand il s'agissait du début d'après-midi, il n'y avait plus personne autour que le sommeil. Aux vacances suivantes j'avais bien demandé pourquoi il n'était pas là mais j'étais trop jeune et on m'avait caché sa mort.

C'était dégueulasse. Je continue de le penser.

Alors oui, le vieil homme aurait pu être mon autre grand-père. Simplement, il était noir.

Le type exact du blues man qui a tant sillonné de routes qu'on ne sait plus très bien si le blanc de ses cheveux n'est pas un reste de poussière. Mes potes s'étaient foutus de lui ouvertement. De l'association ratée de cette veste mauve sur un jogging gris, de sa peau burinée de vieil éléphant. Ils font rarement dans la finesse. Lui, imperturbable, avait achevé son installation en coinçant un vieux casque stéréo trop grand sur ses oreilles et, là, paupières closes, il n'avait plus bougé.

Je sais qu'on peut se couper de tout quand des engins pareils nous isolent les tympans. Je le fais facilement d'habitude, mais pour ce voyage je n'avais rien pris. Ça me manquait tout à coup. J'arrivais presque à l'envier. Quelques basses violentes s'étaient échappées de ses écouteurs avant qu'il n'augmente le volume, exagérément. Et le rythme de la musique, pour son âge, ça m'a étonné.

Nous, on revenait têtes hautes. Pour la première fois de la saison, on avait remporté notre match. À domicile, contre Maywood. C'est cela qui se faufilait maintenant de siège en siège, sur nos trois rangées, un mélange de fatigue et d'excitation.

On tenait sur les nerfs.

Je n'avais pas été en reste dans l'histoire, six paniers dans les deux premières périodes, du coup, Mikaël avait dû tenir son pari de victoire : nous embrasser tous sur la bouche, le coach compris ! Ces week-ends de défoulement, c'étaient comme des respirations dans nos semaines à tous. Loin des cours à apprendre et loin de nos amoureuses par la même occasion.

Au premier virage d'embranchement, le bus a chahuté vers la droite. L'épaule de Mikaël est venue cogner la mienne en me faisant sursauter et, automatiquement, je me suis retourné. J'ai cherché mon « blues man » du regard. Sa tête avait sans doute bringuebalé en suivant la courbe car il se redressait péniblement. Mais la seule vraie réaction qui m'avait scotché, c'était celle d'un de ses yeux qui s'était ouvert, imperceptible. Une sorte de réflexe dû à la secousse. Ce que provoque parfois le bâillement presque de la même manière, laisser entrevoir le blanc crépusculaire du regard.

Il portait des baskets…

Je n'avais pas remarqué tout de suite mais ça m'a fait sourire. Des New Balance d'un blanc quasi inhabituel. De quoi rendre jaloux la plupart des gars de l'équipe ! J'avais souri parce que, mes parents avaient beau être plus jeunes que lui – bien plus jeunes –, je ne les imaginais pas une seule seconde avec des New Balance aux pieds. Peut-être même que c'est moi qui les aurais dissuadés d'en porter. Une certaine forme de honte débile.

J'ai tendu l'oreille et, au travers de l'excitation des autres, je pouvais encore entendre sa musique. Sans prévenir, ses lèvres se sont mises à fredonner, comme un tremblement nerveux. Une petite mesure frénétique, sur un rythme muet. Un temps, sa main droite a marqué le tempo sur sa jambe, et je n'en savais pas plus sur lui.

J'ignorais son nom, ses origines, son métier, le son de sa voix, ce qu'il pouvait écouter. J'ignorais ce que pouvait écouter un vieil homme aux allures de blues man ancré dans ses New Balance sur le trajet River Forest-Evanston. Pourtant, il ne me serait pas venu à l'idée de le déranger. Grand-père oblige !

Peu à peu, le cahotement et la petite berceuse du moteur aidant, on s'était tous plus ou moins assoupis. Il n'y avait aucun danger de manquer notre arrêt. Les parents nous attendraient au terminus, c'était prévu. Alors mes muscles s'étaient peu à peu détendus, et même s'il leur faudrait du temps pour retrouver un semblant d'élasticité, je les laissais vivre leur vie. Après, j'avais rêvé d'un truc assez fou. Un condensé de tout ce qui m'était arrivé d'excitant sur le week-end. Les paniers, la victoire, le sourire de certaines filles, le baiser forcé de Mikaël, la bière… Quelque chose de totalement indigeste, j'imagine, pour le moindre psychologue scolaire ! En revanche, à aucun moment je n'y avais tué mes parents, c'était plutôt bon signe, non ?!

Je m'étais réveillé avant les autres. À moins de deux kilomètres de la gare routière. On était déjà dans le centre d'Evanston et il faisait nuit dehors. J'ai regardé autour de moi en m'étirant et une nouvelle fois, je me suis retourné. Mon grand-père blues man n'était pas descendu avant nous. J'ai senti que ça m'aurait fait de la peine de ne pas le trouver une dernière fois à sa place. Comme un compagnon de route qu'on se fait sans y penser. Peut-être même que, par jeu, je m'étais imaginé à six ans en train de l'écouter me jouer de la guitare, que je nous avais inventé un certain passé commun. Comme un clin d'œil à travers les années.

Enfin, le bus avait ralenti pour s'immobiliser le long du quai numéro deux. Un dernier coup de frein un peu brutal. Trop brutal, c'est vrai.

Et j'ai juste eu le temps de voir tomber sa tête, comme un couperet de guillotine, son menton s'enfoncer dans le haut de sa poitrine après un petit rebond mou et endormi.

Chacun des passagers s'est levé à la hâte en donnant des coups de coude, en bousculant d'un coin de valise, tellement pressé d'enfiler son manteau, surtout ne laisser personne descendre avant lui.

– Magne-toi... allez, j'suis vraiment claqué...

Mikaël et les autres avaient suivi la masse.

Comme avant, j'ai attendu de voir son cou se relever, d'entendre sa voix bougonner de surprise et puis qu'il se réveille une bonne fois pour toutes.

Mais rien.

Lui, imperturbable, laissait maintenant couler sa musique dans le silence de l'allée centrale.

Ses New Balance immobiles.

Sa veste en chiffon, abandonnée sur le sol.

– Allez Barney... t'es arrivé ! C'est le terminus.

Aussitôt, j'ai agrippé le regard du chauffeur dans son rétroviseur. Il s'est retourné en sursaut. Il a couru jusqu'à nous deux en se mordant l'intérieur des lèvres, s'est posé en passant une main lourde sur son visage. Puis il a ôté son casque des oreilles du vieux et nous avons regardé son corps s'affaler sur la banquette.

– ... Putain Barney... tu fais chier.

Avant de descendre, j'ai baissé les yeux. J'ai laissé le flou tourné à l'intérieur de moi parce que, c'était dégueulasse, là je n'étais pas trop jeune.

– Tu pouvais pas te dépêcher un peu ? Tout le monde est parti, j'te signale.

Avec énergie, mon père a empoigné mon sac de sport pour le jeter dans le coffre.

– Et puis fais la tête aussi ! Je comprends plus rien, vous avez perdu finalement ?!

Je me suis enfoncé dans la voiture. J'ai respiré plus fort pour faire partir la mort.

– Non… on a gagné.

Et j'ai tourné le volume de l'autoradio, exagérément.

« … *Dust in the wind,*

All we are the dust in the wind. »

Mi-ange mi-démon

« I can resist everything, except temptation. »

Oscar Wilde

Démone. C'est son nom de t'chat.

Pourquoi celui-ci plutôt qu'un autre, elle ne sait pas. C'est venu si naturellement.

Il y a encore deux jours, au self, Julien lui avait répété pour la centième fois que, cas sociologique, elle n'avait vraiment pas de caractère.

– Moi je dis ça, c'est pour toi. Tu vas te faire bouffer si tu souris trop.

Pas de caractère.

C'était rapidement devenu un jeu, depuis le premier jour en seconde B où lui débordait d'énergie quand elle se savait déjà taciturne.

En vérité, elle ne s'offusque plus aujourd'hui. Rougit peut-être encore un peu derrière la mèche brune et trop grande qui cache son œil droit et alourdit sa tête jusqu'à la faire pencher dangereusement.

Depuis qu'elle est toute petite, son visage semble s'excuser perpétuellement. Pour la discrétion elle n'y peut rien. Sa mère est ainsi, sa grand-mère l'était aussi. Toute une lignée au tempérament « tchèque ». Un « désolé » enraciné dans son arbre généalogique.

Alors Démone, ça sonne comme le taureau qui entre dans l'arène pour encorner le toréador, comme le piment rouge dans un plat du Sud, comme une ombre qui passe quand tout semble paisible, un goût de sang qui ne lui déplaît pas, un mot louvoyant comme un danger qu'elle n'est pas.

Un pied de nez.

À peine rentrée du lycée, Lucie branche son ordinateur. Ôte son manteau. Regarde l'horloge du salon. Deux bonnes heures avant que sa mère ne revienne du boulot. À l'hôpital, ils gardent souvent plus longtemps les infirmières divorcées. Moins du reste que les célibataires sans enfant qui sont les reines de la garde anarchique et prolongée mais, sait-on jamais, on peut correctement tabler sur un accouchement de dernière minute ou une bonne déshydratation de fin d'après-midi torride.

Une autre fois, Lucie lui en aurait encore voulu de n'être jamais là pour son retour, de la laisser manger seule le soir, d'être en retard pour tout et toujours, de ne pas avoir le temps de connaître sa vie au lycée.

Pourtant ce soir, Lucie embrasserait presque sa mère de manquer à l'appel du goûter.

Elle se sert un Coca vanille et, fébrilement, fait jouer la souris optique pour réveiller l'écran qui s'est mis en veille d'étoiles filantes, automatiquement. La page d'accueil s'affiche et, en un tour de clic, elle se connecte au serveur des moins de dix-huit ans. Après deux jours de t'chat intensif, ce serait prétentieux de conclure qu'elle est une experte mais tout de même, cette légère appréhension qui frissonne ses articulations, sa jambe qui bat son rythme frénétique, ça doit bien vouloir dire quelque chose.

C'est à nouveau Julien qui avait proposé aux vacances de Noël, insisté aux vacances de février avant de revenir à la charge à celles de Pâques :

– Le t'chat, tu ne peux plus y couper. Monde moderne, Lucie, monde moderne ! Allez, vas-y, ce sera cool de se dire des trucs de loin.

– Mais on se voit toute la journée !

– Rien à voir, c'est une formation que je te propose. Gratuite en plus !

Bingo.

Le plus difficile n'avait même pas été de mettre en route le dialogue. Sur les trois cent vingt et un connectés ce soir-là, chacun des pseudonymes était autant de fenêtres ouvertes. Celui de Julien – Chet B. – était un vibrant hommage à son musicien fétiche du moment.

– Y a pas à dire, Funny Valentine, ça sonne mieux que Niquetamère !

Julien n'avait pas caché à Lucie que le t'chat était une terre de sauvages assoiffés de sexe, tout juste, et d'apartés vite consommés.

– Je sais déjà tout ça et, désolée, je ne vois pas l'intérêt.

– L'intérêt, c'est nous, justement ! Un peu de poésie derrière le clavier, ça risque d'étonner. Qu'est-ce que tu choisis comme nom, que je te retrouve facile ?

Lucie ne lui avait pas donné.

– Surprise ! Je te trouverai la première.

Avant même de dénicher Chet, Lucie avait été assaillie de trois messages, pas moins. Démone est un pseudo de début de liste, avait-elle pensé. Ceci explique cela.

- Salut ASV? Un plan Cam? • Vincent 16a.

- Allume-moi! Mé-moi l'feu! J'veux du cho! • Néo 74.

- Ok pour scénar? J'ai 30 ans, je suis jury à la «Star Academy» et je te fais passer un casting pour la prochaine sélection. Tu danses sur *It's Raining Men* en débardeur et petit short moulant. Il n'y a que nous dans la salle… à toi la suite. • The boss.

Seulement, ce premier soir, entre les abréviations, les salaces et les vieux pervers, Lucie n'avait rien voulu d'autre que les mots de Julien.

- Je vais te tuer, je te jure que je te tue demain ! • Démone.

- C'est toi Lucie ? • Chet B.

- Qu'est-ce qu'ils croient tous ? Que je suis à poil derrière mon ordinateur ? • Démone.

- Allez, c'est du jeu… • Chet B.

- Vraiment nul. • Démone.

- Te braque pas. Essaie encore. Tlm n'est pas kom ça • Chet B.

- Je ne comprends rien à ce que tu écris en plus ! • Démone.

Lucie avait soufflé.

Sa messagerie clignotant encore, elle imagina ce que pouvait donner un embouteillage d'appels, un amoncellement de noms inventés chacun le nez écrasé derrière son écran ! Y avait-il seulement quelqu'un pour y faire la circulation ? Elle en choisit un au hasard, toute-puissante.

- bjr. Koi de 9 ? • Sandro Ajaccio.

- Bonjour, il y a beaucoup de monde là-dedans. • Démone.

– C klair ! 18 ans é toi ? • Sandro Ajaccio.

– 16. • Démone.

– Koman tu é ? Dkri toi • Sandro Ajaccio.

– C'est très important ? • Démone.

– + facile pr imaginer et dial avec toi. • Sandro Ajaccio.

– 1m69, les yeux et cheveux noirs, mi-longs… j'aime le cinéma de Tim Burton, écouter de la musique douce, ma matière préférée est le français et je peux rester des heures dans une forêt. Voilà. • Démone.

– T dessous ? poitrin ? T kokin ? • Sandro Ajaccio.

– Quoi ? • Démone.

– Tu fé koi ds le sex ? Tt ? • Sandro Ajaccio.

– C'est dingue, on ne peut pas parler d'autre chose ? • Démone.

– T NRV ? C cool, 6 T 1 violente : tu dois M é la sodo ! je bande grav • Sandro Ajaccio.

Lucie plaqua ses mains sur son visage. Tellement simple à comprendre finalement. Elle eut soudain peur d'être reconnue, que son visage soit placardé jusqu'aux ordinateurs d'Ajaccio. Un frisson mauvais longea sa colonne vertébrale, roula dans le creux de sa poitrine jusqu'à lui soulever le cœur. Elle pleura, ne put s'en empêcher, ses muscles étrangement douloureux, puis laissa déferler son angoisse et sa colère.

– Julien… c'est l'abattoir… on est des filles ou des pièces de bœuf ? • Démone.

– Tu es tombée sur un con, c'est tout. • Chet B.

– Y a que ça sur ton net. Même pas sûre qu'ils aient moins de 18 ans, c'est dégueulasse. • Démone.

– OK, OK mais tu t'attendais à quoi aussi avec un pseudo comme celui-là… Lucie Fer? • Chet B.

Lucie se fit aider pour la réponse.

Un nouveau message en clin d'œil au bas de son écran. Celui-ci prendrait pour tous les autres. L'engueulade du siècle.

– Décidément, le monde est une scène de théâtre mais les rôles ont été mal distribués. Démone et Ange ne pourront-ils jamais s'entendre ? • Ange.

Lucie ne trouva pas les mots, les bras ballants et les tempes bourdonnantes.

Voilà ce qu'elle attendait.

Une entrée en matière sans fautes d'orthographe, sans un mot de trop, sans la moindre équivoque. La poésie promise. Un gouffre de douceur.

- Tjrs là? • Chet B.

Lucie se mordit les lèvres de manquer si abruptement de repartie. Ne pas le faire attendre. Faire patienter Julien et trouver une foutue réponse à la hauteur de cet Ange.

- Oui… là, mais très occupée à éliminer tous les tordus ! • Démone.

- Quand un message semble enfin intelligent, il doit y avoir moyen de trouver un terrain d'entente. • Démone.

« Semble intelligent ». Grosse maligne !

Autant lâcher : « Je doute de la capacité de tes neurones. »

Le message déjà chez Ange, Lucie s'en voulut.

- Bon je te laisse, je suis en grand dial avec Nora Jones de Bordeaux ! @+. • Chet B.

- Une rencontre qui débute par un compliment va nécessairement se transformer en amitié véritable. Elle commence comme il faut. Non ? • Ange.

Si.

Lucie s'enfonça un peu plus dans son fauteuil à roulettes. Elle regarda son ordinateur sous un nouveau jour. Un peu sur ses gardes mais déjà heureuse.

- Je suis de bonne humeur ce soir, aucune envie de mordre un Ange ! • Démone.

La discussion avait duré, sur la pointe des touches, jusqu'au retour prématuré de sa mère. Julien n'était pas réapparu et Ange avait juste eu le temps de lui donner rendez-vous le lendemain, même heure, derrière son écran.

La nuit de Lucie avait été douce. Duveteuse. Julien l'avait bien lu sur son visage.

– Tu as fait de belles rencontres hier soir ?

– Plutôt.

– Ben, raconte !

– Un garçon de dix-sept ans qui revient tout juste de Londres. Il y a passé six ans pour le boulot de son père. Bilingue, grande école et complètement cultivé. Il adore Oscar Wilde, écoute Robbie Williams. Il se sent un peu perdu à Bordeaux, normal.

– Bien, bien, bien. Il t'a donc draguée comme un fou…

– …

– N'oublie pas que c'est pipeau et compagnie, que des branques, les mecs sur le Net ! Ils ne pensent qu'à une seule chose…

– C'est bon, abandonne !

Lucie avait détourné son corps, à la recherche d'un groupe de filles où se réfugier. Julien était parti de son côté en précisant que lui aussi avait passé un bon moment et qu'il se reconnectait le soir même pour poursuivre une discussion ensorcelante.

« C'est bon de te savoir tout près… »

Hier, Ange avait encore trouvé les mots justes.

– Je dis toujours ce que je ne devrais pas dire; en fait, je dis en général ce que je pense réellement. De nos jours, une terrible erreur. • Ange.

– C'est une qualité, crois-moi. • Démone.

– En tout cas, un homme qui ne pense pas par lui-même ne pense pas du tout. • Ange.

– On ferait bien de donner des billets d'Eurostar aux garçons de mon lycée pour qu'ils parlent aussi bien que toi. • Démone.

– Je suis trop sérieux, je sais. • Ange.

– Rassurant plutôt. • Démone.

– À Londres, il y a trop de brouillard et trop de gens sérieux. Mais je ne sais pas si c'est le brouillard qui produit les gens sérieux ou si ce sont les gens sérieux qui produisent le brouillard! • Ange.

Lentement, la chambre de Lucie parut se réduire à la seule lueur de son écran. Elle s'était lovée dans le peu de lumière, souriante, sans que le temps écoulé n'ait plus aucune espèce d'importance.

– Je peux te poser une question personnelle? • Démone.

– Bien sûr, les questions ne sont jamais indiscrètes, ce sont les réponses qui le sont parfois. • Ange.

– Pourquoi «Ange»? • Démone.

À l'autre bout du clavier, il s'était souvenu comment sa grand-mère, juste avant de mourir, avait dit qu'elle partait heureuse et confiante de voir un enfant sourire autant aux anges, qu'il y avait dans ce sourire-là une preuve délicate de leur existence. C'est pour ça, il y a deux ans, même s'il souriait moins, qu'il s'était fait tatouer une aile sur chaque omoplate, pour elle. Puis il avait trouvé une pirouette.

– Bah! La société pardonne souvent au criminel, jamais au rêveur! Je suis mal barré! • Ange.

La mèche de Lucie était retombée, plus lourde encore de ce souvenir. Elle remarqua que sa grand-mère avait toujours peur pour elle. Une grand-mère opprimée. Et, par association d'idées, se rappela « Vodnik ».

Le petit personnage des contes traditionnels qu'elle lui raconte inlassablement pour la prévenir des dangers du dehors. « Tu vois, il vit dans l'eau des rivières et des marais, il se repose sur la branche d'un saule pour recoudre ses vêtements, fumer sa pipe. Habillé tout en vert avec son chapeau et des bottes rouges, oui, tu le crois si gentil. Pourtant, il collectionne les âmes des noyés qu'il repêche et garde dans des tasses.

« Alors il n'attend qu'une seule chose en vrai : que tu tombes à l'eau. »

– Tu as vu, je t'ai laissée tranquille hier soir. Pas un message, rien.

La voix de Julien, même chuchotée entre les étagères du CDI, était tranchante d'ironie.

– Merci.

– Et tu es retournée au paradis ?

– Pour quelques mots, oui.

– Fais gaffe, juste après le septième ciel, y a le plafond. Le réveil va faire méga mal. Ce soir je te prends en PV, j'ai un truc à te dire entre deux messages.

La sonnerie avait sauvé Julien de la gifle du siècle.

Pourquoi tant d'agressivité ? Lucie ne voyait pas. « Se dire des trucs de loin. » C'était son idée après tout.

Lucie fait sauter par le talon ses baskets fines et noires, une manière d'abandon. Dans la fenêtre ouverte, la liste des connectés s'inscrit à droite de l'écran et, sous Albator, Ange apparaît. Elle demande aussitôt le dialogue, en privé. Son ventre se noue, la guerre s'y installe. La réponse tarde. Ne pas se laisser faire finalement, ne pas s'avouer que ce garçon est vraiment très fort pour la vie.

À la corbeille les « Coolboy », les « Tidoudou » et les « 21cm » !

L'attente de Lucie est implacable.

En seulement deux soirs, l'absence d'Ange compte déjà. Lucie s'en agace. Il suffit d'un rien pour ne plus être un inconnu.

Puis, heureusement, il fait signe, s'excuse. La voilà à nouveau reliée à lui par le fil des mots ténus. Elle lui parle de Julien, de sa réaction inconcevable qui l'attriste.

`– Nos jours sont trop courts pour que tu endosses les chagrins des autres. • Ange.`

`– Mais on est bien ensemble. Je pensais qu'on se connaissait par cœur. • Démone.`

– Il y a des moments où il faut choisir entre vivre sa propre vie pleinement, entièrement, complètement, ou traîner l'existence creuse du monde. Cela te fait peur mais tu es juste en train de grandir, Démone… • Ange.

Chaque nouvelle vague de ses envois roule un peu plus Lucie dans l'exaltation. Être écoutée et comprise, c'est respirer après un long temps d'apnée.

Un nouveau message attire son attention.

Julien.

Lucie balance entre répondre ou pas. Puis, sans colère, se résigne à le faire.

– Lu6 c 1possible 2 se disputer. Dsl. • Chet.B.

– Aucune importance. • Démone.

– Donc G un truc à te dire. Ça me kce le crâne depuis lgtps. Je C pas si je pe. • Chet.B.

– Dis. • Démone.

– Je t'aime Lucie. <3 • Chet.B.

Tremblements de corps.

Lucie balaie le message, se relève d'un bond, ouvre

la fenêtre et souffle son malaise dans la touffeur de la rue, jusqu'à épuisement.

Il ne manquait plus que ça… Julien amoureux. Elle sait qu'elle ne devrait pas s'épancher mais elle a soudain besoin du conseil de quelqu'un qui sait.

– Julien vient de me faire une déclaration. • Démone.

La réponse tarde encore.

– Quand on est amoureux, on commence par se décevoir soi-même et on finit par décevoir les autres. • Ange.

– Je ne sais pas. • Démone.

– Veux-tu qu'on en parle en vrai ? Je passe te voir. • Ange.

Un frisson agite le cœur de Lucie.

« Ni nom, ni photo, ni adresse. Tu ne donnes rien de tout ça. »

Julien ne serait pas d'accord.

– Démone, nous sommes tous dans le caniveau, mais

certains d'entre nous regardent les étoiles. Je peux t'aider, on se connaît maintenant. • Ange.

– Je ne sais pas (bis). • Démone.

– Tu ne crains rien. Si ça peut t'influencer, je préfère les garçons. Et crois-moi: influencer quelqu'un, c'est lui donner sa propre âme. • Ange.

Qui de la terre ou de sa tête tourne le plus vite? Lucie se le demande. Elle ferme les yeux, vacille et se perd en bord de fauteuil. Ses muscles brûlent à tant se contracter sous sa peau. Ses bras croisés dissimulent sa poitrine. Elle se dit qu'elle pourrait tout aussi bien éteindre l'ordinateur et dormir. Plus de Julien, plus de tentations d'Ange, aucune mauvaise note à annoncer à sa mère quand elle rentrera.

Alors la sonnerie de son portable la fait chanceler.

Sa mère justement.

– Lucie, c'est moi, je vais rentrer tard. Avec les grèves il n'y a plus personne dans le service. C'est la panique, tu comprends?

– Mmmm…

– Il reste du jambon et des nouilles dans le frigidaire. Tu es sage, hein ? Je t'embrasse.

Lucie retrouve son ordinateur qui clignote de quatre messages.

- Lucie, réponds-moi. Je suis là. • Chet.B.

- Tu espères quoi à blablater avec ce con d'inconnu d'English? • Chet.B.

- Viens si tu préfères. Allée de Tourny. Dans une heure. Mes parents sont là. On boira un verre tous ensemble! • Ange.

- Mon âme et mon amitié… Viens ! • Ange.

Jambon-nouilles. Sage. Tout se brouille et s'entrechoque.

Marre d'être raisonnable.

Il est vingt heures, à peine. Lucie s'engouffre dans la rue Sainte-Catherine, une bouteille de Cadillac à la main. Sa mère ne s'en apercevra même pas. Elle longe les magasins, les cafés animés, croise les regards clairs du soir. Elle marche, tête haute et le pouls rapide, pour déboucher sur la place de la Comédie. Les douze statues ne bronchent pas. Des muses et des déesses, ça n'a pas peur des rencontres.

Lucie sait qu'il ne sera pas question d'effleurer la presque transparence de la peau d'Ange, de désirer le goût ouaté de ses lèvres de plume ni même de laisser sa main se glisser, experte, sous son débardeur comme dans tous les mauvais films.

Ils parleront vraiment, longtemps, et ce sera bien.

En apercevant la façade de l'immeuble, Lucie s'en veut soudain de son dernier message envoyé à Julien. Celui avec l'adresse d'Ange et un « Si tu veux te battre avec lui, ne te gêne pas » bien senti. Il sera toujours temps lundi de rattraper le coup avec une ruse de fille, les yeux dans les yeux.

Lucie actionne le digicode. Trois chiffres, une lettre et la petite lumière verte pour jouer les sésame-ouvre-toi. Dans le corridor de l'entrée, elle fouille du doigt les noms des locataires.

Une petite goutte de sueur perle sur sa lèvre supérieure.

Elle repense à Vodnik et l'âme des noyés.

Plus aucune manœuvre pour se raviser.

– Super, monte ! C'est au deuxième, porte de gauche.

« Ange ». La voix suave ne trompe pas.

Ne pas lui mentir sur son véritable caractère. Être polie avec ses parents. Lucie chantonne, pour se rassurer, *My Funny Valentine.*

La porte s'ouvre alors sur un garçon longiligne aux pieds nus et aux yeux électriques. En jean et chemise blanche ouverte sur son torse, ses cheveux en bataille et à peine secs sont aussi blonds qu'elle est brune.

– Salut, je m'appelle Lucie, dit-elle en remontant sa mèche derrière son oreille.

– Ah ? Repartez mademoiselle, j'attendais Démone ! plaisante-t-il d'un sourire carnassier. Allez, entre…

Lucie fait un pas dans une vaste entrée de catalogue chic. Meubles en bois exotique, tableaux aux couleurs assorties, tentures chaudes, un rappel de voyages.

Elle tend la bouteille.

– Tiens, c'est pour tes parents.

– Mes parents ?… Oui, justement, ils viennent de partir… à l'instant. Mais ils n'en ont pas pour longtemps, dit-il en faisant claquer la porte derrière eux. Bonjour quand même !

Ange se penche, pose une main forte sur l'épaule de Lucie qui tend machinalement sa joue. Bonjour, bonsoir. Le geste est banal, l'odeur d'alcool sur ses lèvres humides peut-être un peu moins. Leurs cheveux se mêlent. Le garçon tourne la tête et fait riper sa bouche pour lui voler un baiser. Lucie se dégage, un rien gênée, certaine d'avoir provoqué ce geste. S'il y a eu méprise, elle est de sa faute.

Ange passe une main dans ses cheveux et lève les sourcils d'amusement. Il fait rouler sa langue sur ses lèvres alors que Lucie toussote pour rétablir sa contenance.

– Comme je te disais, je ne sais pas comment réagir à ce que m'a dit Julien. Pourquoi il ne m'a rien dit au lycée ? C'est quand même plus simple de vive voix. En plus, il s'est monté la tête depuis que je lui ai parlé de toi.

– On s'en fout un peu, non ?

– Pardon ?

– Je veux dire, de Julien, là, maintenant, tout de suite on s'en fout.

Lucie cherche dans le regard vague d'Ange une

réponse à son étonnement, mais rien. Arrivés au bout d'un long couloir, Ange fait entrer Lucie dans le salon. Les persiennes aux fenêtres sont fermées et, dans l'obscurité, un chemin de bougies fait le tour de la pièce, faisant briller une douzaine d'yeux ravis et quelques bouteilles éparpillées.

– Au fait, j'ai oublié de te dire, j'ai invité quelques copains.

Lucie s'arrête.

– Bon, euh… ben je… désolée de t'avoir dérangé… je repasserai.

De toute sa hauteur, Ange interdit toute retraite à Lucie.

– Tss, tss, tss… mauvaise réponse, Démone. Ça va bien de faire la pisseuse planquée dans ta chambre, mais maintenant, faut jouer le jeu jusqu'au bout.

La main d'Ange se resserre sur le poignet de Lucie.

La salive lui manque pour déglutir.

Lucie prend sa respiration.

Une apnée d'enfer quand elle ne sait rien de la plongée.

NDA : Chaque réplique d'Ange est une citation d'Oscar Wilde.

Cet ouvrage a été achevé d'imprimer

sans caméra

pour le compte des éditions Thierry Magnier

par l'Imprimerie Floch à Mayenne

en mars 2011

Dépôt légal : avril 2011

Numéro d'impression : 79265

Imprimé en France